特急リバティ
会津111号のアリバイ

西村京太郎

双葉文庫

目次

特急リバティ会津111号のアリバイ

第一章　浅草駅から始まった

1

藤原冬美《ふじわらふゆみ》、二十三歳。出版社の旅と人生社に入社した新人記者である。

本来なら三名採用のはずが、新型コロナ騒ぎで一名しか採用がなかった。その一名が、藤原冬美だった。

冬美は大学時代に旅行サークルに入り、夏休みには日本一周を楽しんだりしていたこともあり、旅と人生社への入社を決めたのだ。

ところが、二〇二〇年の二月頃から、世界中がおかしくなった。

中国《ちゆうごく》の武漢《ぶかん》が、都市封鎖をしているというニュースが入ってきた。この頃から、コロナという言葉が新聞に出るようになった。

それまでは、中国でも、肺炎として扱っていたのである。

一度コロナという言葉がニュースに載ると、あっという間に広がったが、専門家の医師も、新型コロナウイルスの正体を摑めずにいた。

その証拠に、コロナを細菌と発表したあとに、ウイルスと訂正した医師もいた。たぶん、中国＝細菌兵器の連想があったのだろう。

そのくらいだから、一般市民が、コロナがどういうものかわからなくても、無理はなかった。

三月十六日に、厚生労働省がコロナマップを発表した。日本全国のコロナ発生地図である。

北海道《ほっかいどう》　二名
新潟《にいがた》県　一名
千葉《ちば》県　二名
東京都《とうきょう》　一名
神奈川《かながわ》県　二名
和歌山《わかやま》県　一名

愛知《あいち》県　一名
大阪《おおさか》府　一名
大分《おおいた》県　一名
兵庫《ひょうご》県　三名

全部で十五名である。このほかに、横浜《よこはま》に入港したクルーズ船「ダイヤモンド・プリンセス号」の船内で感染者が発生していたが、船内は外国ということで、厚生労働省は、計算に入れなかった。

とにかく、十五名の感染者では、コロナの恐ろしさを一般市民が実感できなくても仕方がない。

それ以上に、呑気だったのは、厚生労働省の役人である。

未知の新型コロナウイルスに攻撃された時、なによりも必要なのは、検査である。ＰＣＲ検査だ。

検査して感染者を見つけ出し、隔離するより広がりを防ぐ方法がないことは、誰にでもわかることにもかかわらず、厚生労働省は、この検査を受けることができる条件を難しくしてしまったのだった。

三十七度五分以上の発熱が四日間続き、激しい咳が出ないと、保健所はＰＣＲ検査をおこなわないのだ。

政治家の反応は、さらに、呑気だった。

四月一日に、首相は、布マスクの全戸配布を表明した。それで、コロナウイルスの感染を防げると思ったのだろうが、皮肉なことに、四月一日から、感染者が急激に増えていった。

第一の波である。

コロナの恐怖が、人々を襲った。

事実、この頃、コロナに感染した重症者が増え始めたが、入院患者の数に対して、都内の病院の専用ベッドの数が不足し始めたのである。

都内の専用ベッドは、百十八床だったものを、三月末には重症者向けに百床、中等症者向けに三百床を確保したと発表した。

それが、三月末に百十九人だった入院患者が、四月六日には千人を超えてしまった。明らかに、医療危機である。

政府も、慌てて、四月七日に、東京都など七都道府県を対象に緊急事態宣言を出し、それに対応して、十二日には、首相が自宅で犬とくつろぐ動画をＳＮＳで発表した。

それでも足らずに、緊急事態宣言を全国に拡大した。

同時に、アメとムチで、十六日には、全国民に一律十万円の給付を発表した。

こうした政府の対策を経て、冬美が入社した、旅と人生社では動きが取れなくなってしまった。取材の旅に出られなくなってしまったからである。

仕方なく、旅に出なくても原稿の書ける「古都京都《きょうと》の歴史」とか「思い出の沖《おき》縄《なわ》」といった、昔の記事の焼き直しでお茶を濁すことになってしまった。

編集長の田所《たどころ》は、自嘲気味に、

「このままだと、誌名から『旅』の一字を削ることになりそうだ」

と、いったりした。

ところが、五月に入ると、奇跡が起きた。

増え続けた感染者数と死者の数が、理由はわからないが、減り始めたのである。

気をよくした政府は、
五月十四日　三十九県で緊急事態宣言を解除。

五月二十一日　大阪、京都、兵庫の三府県で、緊急事態宣言を解除。
五月二十五日　北海道、埼玉《さいたま》、千葉、東京、神奈川の五都道県で、緊急事態宣言を解除。

そして、七月二十二日に前倒しして、あのＧｏＴｏトラベルキャンペーンが始まったのだ。

2

「これぞ天の助け、わが社は、息を吹き返した」

と、田所編集長は叫んだ。

ただ、今回の夏休みには間に合わないから、秋の行楽シーズンや年末年始のための取材になる。

それでも、とにかく取材記者が、動けることになったのである。遠慮せず、大手を振って飛行機、新幹線、ＳＬ、観光列車、バスに乗れるのだ。

田所は、大きな日本地図の前に、十人の記者を集めて、二人一組の取材計画を示した。

冬美は、四十八歳のベテラン記者、関修二郎《せきしゅうじろう》と組んでの、東北《とうほく》地方の取材を指示された。

いろいろと電子化されている時代のなか、渡されたのは、なぜか手書きのスケジュール表だった。

新人の冬美は、初めて見る手書きの文書だったが、旅行雑誌「旅と人生」では、取材の指示は、いつも田所編集長の手書きのものが渡されるのだという。

冬美と関の二人に渡されたスケジュール表は、次のようになっていた。

第一日
東武浅草《とうぶあさくさ》駅九時〇〇分発特急「リバティ会津111号」——会津田島《あいづたじま》（会津鉄道）——会津若松《わかまつ》一三時三三分着——一四時三三分発（磐越西線《ばんえつさいせん》）——新潟《にいがた》一七時五五分着（一泊）
第二日
新潟八時五五分発（信越《しんえつ》本線）——新津《にいつ》九時一四分着　新津一〇時〇五分発SL「ばんえつ物語号」——会津若松一三時三五分着——一四時一三分発（磐越

西線）――猪苗代《いなわしろ》一四時四一分着――（タクシー）――土湯温泉《つちゆおんせん》泊
第三日
土湯温泉取材
地熱発電とこけし人形
第四日
土湯温泉発バス――福島駅《ふくしま》　福島（東北新幹線）――東京

取材重点
東武鉄道特急「リバティ号」
ＳＬ「ばんえつ物語号」
土湯温泉

出発の日時は、記入されていなかった。

若い冬美には、興味のある取材場所だった。

東京で生活する冬美は、鉄道を考える時、日本全体となると、新幹線に繋がる路線を考えてしまう。したがって、新幹線の走っていない四国《しこく》と、函館《はこだて》までしか走っていない北海道は、いくとなると飛行機をまず考えてしまう。

東京で考える時は、まず山手線《やまのてせん》を考え、次にその駅に繋がっている私鉄だった。彼女自身、今、新宿《しんじゅく》から出ている小田急《おだきゅう》線の成城学園前《せいじょうがくえんまえ》駅近くのマンションに住んでいる。

したがって、東武鉄道というと、池袋《いけぶくろ》発の東武東上線《とうじょうせん》しかしらなかった。山手線の駅ではない浅草駅発の特急「リバティ」には乗ったことがなかった。

ＳＬも好きで、山口《やまぐち》や九州《きゅうしゅう》のＳＬに乗りにいったことはあるが、磐越西線を走るＳＬ「ばんえつ物語号」は、初めてである。

土湯温泉もしらなかった。

別に温泉が嫌いではない。むしろ好きで、学生時代、友人と、秘湯めぐりをやったくらいである。しかし、土湯温泉にはいったことがなかったし、その名前も、きいたことがなかった。

「関さんは、もう十年以上、うちにいるんだから、全部、経験ずみじゃないんですか?」

と、冬美は関に、きいてみた。

入社一年目ということもあり、冬美は、関のことはまったくしらないのだった。

以前、酒癖が悪いから、同行する時は注意しろといわれたことがあったが、今回、初めての取材で組むことになったので、そんな噂を思い出していた。

関の返事は、

「自分の目で見ろ」

だった。

その取材命令が、編集長からなかなか出ないのである。

ほかの記者たちは、次々と取材に出ていくのに、冬美と関のコンビには、いっこうに命令が出なかった。

最初に出発した二人組が、三泊四日の九州取材から帰ってきても、冬美たちには命令が出ない。

「どうしたんでしょう?」

と、冬美が、関にきいても、

「編集長の気まぐれだろう」

という答えしか返ってこなかった。

なにしろ、小さな出版社で、編集長の田所がオーナーも兼ねているから、その方針に文句はいえないのである。

そんな二人に出発命令が出たのは、九月二十四日だった。

大きめの封筒が渡され、そのなかには、すべての列車の乗車券や特急券などが入っていた。

ほかに、三泊四日分の実費として、五万円が別の封筒に入っていた。

「足が出たら、どうするんですか？」

と、冬美は、関にきいた。

「その時はまず、自分で払っておいて、帰ってきてから会社に請求する。まあ、今回はＧｏＴｏだから、大丈夫だろう」

と、関が、いった。

「でも、お酒代は、出ないでしょう」

「それで、俺は、取材にいくといつも赤字だよ」

関は、初めて笑ってみせた。

なんとなく、面倒な中年男の感じなのだが、この時は、好人物に見えた。

出発の日の九月二十五日、冬美は早めに家を出て、上野《うえの》から浅草まで歩くことにした。

浅草には、何回かきているが、浅草駅から列車に乗るのは初めてなので、その感触をしりたかったのだ。

上野駅で山手線を降りて、大通りを浅草に向かって歩いていく。

浅草に遊びにいったり、酉《とり》の市《いち》にいく時は、バスや地下鉄を使っていて、歩くのは初めてだった。

不思議な気分だった。

上野駅から離れるにつれて、冬美の頭のなかの電車網から、少しずつ離れていくような気がするのだ。

もちろん、今回は東武浅草駅から東武の特急「リバティ会津111号」に乗って会津に向かうのだから、歩いていく先に駅があり、乗るべき列車が待っているのはわかっている。だが、それがなかなか実感できないのだ。この先に、駅や列車が待っているという実感が湧かなかった。

左手に、駅を見つけた。当たり前だが、駅があったのだ。

〈浅草駅〉と、大きな看板が出ているから駅には違いないのだが、とても駅には見えない。

建物は、松屋デパート浅草店なのだから、当然なのだ。

側面から見ると、間違いなく、松屋デパートである。

冬美も、デパートのなかに、駅がある風景をいくつも見ている。

それは、どう見ても、大きなデパートのなかの駅だった。

しかし、ここは、デパートの正面の幅が狭いために〈浅草駅〉の看板が、幅全体を占めてしまっているうえ、その看板の上に、小さく〈MATSUYA〉とあり、さらに小さく遠慮がちに〈松屋浅草〉とあるから、まるで浅草駅のなかに、デパートがあるように見える。

と、いっても冬美は、一瞬、そう感じただけで、駅名の下の入口を入っていった。

入ってすぐ、二階への階段がある。両側にエスカレーターがあったが、冬美は、階段をあがっていった。

二階は、完全な駅だった。

観光案内所があり、切符売り場があり、なによりもホームとレールがあった。

4番ホームには、まだ、列車が入っていなかった。関も、まだきていない。

観光案内所に入ってみると、さまざまな沿線案内のポスターが貼られていた。
五、六人の客がいたが、やはり、全員がマスクをつけていた。

カウンターには、透明なアクリル板が置かれていて、係員もマスク姿で客の応対をしている。

天井から提灯がぶらさがっていたり、壁に扇が貼りつけてあったりして、全体的に、ごちゃごちゃした感じがするのは、下町だからだろう。

ホーム近くの電光掲示板には、これから発車する特急列車の名前が、出ていた。

発車時刻	種別	列車名　行き先
9：00	特急	リバティ会津111号（1～3号車）　会津田島
9：00	特急	リバティけごん11号（4～6号車）　東武日光《にっこう》
9：30	特急	けごん13号　東武日光
9：40	特急	りょうもう7号　赤城《あかぎ》
10：00	特急	きぬ115号　鬼怒川《きぬがわ》温泉

その掲示板を見て、冬美は、気がついたことがあった。

編集長の田所から渡された手書きのスケジュール表には、東武浅草駅九時〇〇分発特急「リバティ会津111号」としか書かれていなかったが、掲示板によれば、会津田島行の三両と、東武日光行の三両が、途中まで連結されて走ることがわかった。

1号車から3号車までが「リバティ会津111号」で、4号車から6号車が「リバティけごん11号」である。

冬美が、自分の特急券を確かめてみると「リバティ会津111号」の2号車だった。

3

六両編成の九時〇〇分発の特急「リバティ会津111号」が、入ってきた。

白の車体に、ブルーの線が入っている。正面のデザインは、鉄仮面ふうである。座席は四列。

全座席指定である。その車体に合わせるように、ホームにも白にブルーの線が走っている。

冬美は、2号車に乗り、8番の窓際のAに腰をおろした。リュック型のバッグを膝に置く。

少しずつ、乗客が入ってくるが、満席という感じではない。

関は、なかなか乗ってこない。心配していると、発車間際になって、あたふたと姿を見せた。

そしていきなり、

「窓際と代わってくれ」

といい、冬美が代わると、関は、おもむろに缶ビールを取り出して、飲み始めた。

「まずいですよ」

と、冬美が、声をかけた。

「何が?」

「編集長から渡された袋のなかに、注意書きがあって、車内では、アルコールは厳禁。車内の様子、乗客の動き、停車駅の有無を入念に写真に撮り、録音することと、とあったでしょう。読まなかったんですか?」

「毎回、いつも同じ注意だから、全部暗記しているよ。二人で、同じことをやったって仕方がないだろう。だから、新人の君が、スマホで撮影と録音をして、あとのほうは、俺がやる」

と、いい、缶ビールを飲み終えると、目をつむってしまった。

仕方がないので、冬美は、自分のスマホで車内の様子を撮り始めた。

浅草を出てすぐ、次の駅で停車した。

九時〇三分。とうきょうスカイツリー駅である。

背の高い中年の男がひとり、2号車に乗ってきた。

マスクをしているが、冬美には、その顔に見覚えがあった。

名前は忘れたが、テレビで何回か見たことがあった。

もう一つ覚えているのは、マスクだった。金色のマスクである。布のマスクに、金の細い線を織りこんでいて、世界に一つしかないと自慢していた記憶があった。

その男は、入ってくると、通路を歩きながら、車内を見回していたが、8番の窓際席で眠っている関を見つけると、

「なんだ『旅と人生』の関君じゃないか」

と、大きな声を出した。

冬美が、慌てて、関の肩を突っついた。

関が目をあけると、男はにっこりして、

「関君。私を覚えているかね？」

といった。

「平川《ひらかわ》先生！」

関はびっくりした顔で、男を見た。

男は、マスクをつけたまま、

「久しぶりだが、覚えているか？」

「もちろんですよ。三年前には、お世話になりました」

関が大きく、頭をさげている。

平川は、近くの空《あ》いている座席に腰をおろして、マスクをつけたまま、三年前の話を始めた。

平川敏生《としお》。現在五十歳。

K大の経済学部の教授だが、その肩書きよりも「再生コンサルタント」の名前のほうが有名である。

バブルの崩壊で、潰れそうなホテルや会社からの依頼を受けて、今までに有名ホテルなど十二の案件を見事に再生して「再生の神さま」と呼ばれている。

冬美は、関と二人の会話をきいていて、この平川についてのテレビで見た内容を、少しずつ思い出していった。

関に紹介されて、冬美は平川と名刺交換をした。

「そうか。新人さんか。今日は、どこの取材かね？　この『リバティ会津』で、会津若松か。私も会津若松で、講演の仕事があってね。それなら、終点まで一緒だ」

「先生は、今日は、おひとりですか？」

と、関が、きく。

「いや、秘書の小田切《おだぎり》君と、この列車で一緒になるはずなんだが、おかしいな。7番のシートのはずなんだが、いないね」

「相変わらず、美酒を愛していらっしゃいますか？」

と、関が、きく。

平川は、嬉しそうに笑って、

「美酒と美女に勝るものはなし、だよ。ただ、こういうビジネス特急ではゆっくり飲めんが、好きな地酒のワンカップを仕入れてきた」

と〈会津誉れ〉とラベルの貼られたワンカップ酒二本を取り出して、

「君も、好きだったな。軽く飲もう」

と、その一本を関に向かってほうり投げ、自分も一本あけて飲み始めた。

関も、嬉しそうに、飲んでいる。

二人の話は、取り留めなく、続いていた。

4

十時をすぎた頃、3号車のほうから、三十代の男が2号車に入ってくると、いきなり大声で、

「平川先生！」

と、叫んだ。そのまま冬美たちの席に近づくと、

「先生！　どうして、こんなところにいるんですか！」

と、怒鳴った。

「どうしてって、この7番Aが、私の座席だろう」

「7番のAでも、3号車ですよ。向こうで、ずっとお待ちしたんですよ。ひょっとすると、間違えて、後ろの『けごん』のほうに乗っているんじゃないかと、最

後尾の車両まで探しましたよ」

男は、早口でいい、関と冬美を見比べるようにして、

「この人たちは、誰なんですか？」

と、怪訝そうにきいた。

「大切な旧友たちだよ」

平川がいうと、

「どうも」

と、男は軽く、二人に向かって頭をさげてから、

「とにかく、先生、ご自分の座席にいきましょう」

「私は、この友人と話を楽しみたいんだ。どうせ終点まで同行するんだから、ここにいても構わんだろう」

と、平川がいうが、

「駄目です。先生には、会津若松での講演の原稿を、見てもらわなければなりません」

男は、自分の名刺を冬美たちに渡してから、強引に平川を引っ張って、2号車を出ていった。

もらった名刺には〈平川敏生秘書　小田切一夫《かずお》〉と、あった。

「秘書も大変ですね」

と、冬美がいうと、関は、

「あの先生は、頭は切れるんだが、酒癖が悪くてね」

と、いって笑った。

一〇時一〇分　栃木《とちぎ》着。栃木県である。

一〇時四二分　下今市《しもいまいち》着。

ここで、会津田島行の前の三両と、東武日光行の後ろの三両が、切り離される。

会津田島行の「リバティ会津111号」は、一〇時四七分発で、東武日光行の「リバティけごん11号」は、一〇時四八分発で、冬美たちの乗る列車のほうが一分だが、先に発車する。

それでも五分あるので、冬美は、切り離し作業を撮るために、ホームに降りてみた。

ほかにも、この作業を見たくて、カメラやスマホを持って、3号車と4号車の間に、数人が集まっていた。

冬美は、仕事なので少し無理をして、人々の前に出て何枚か撮ったあと、近くの3号車に飛び乗った。

動き出した列車の通路を、2号車に向かって戻っていく。途中で7番のA席を見ると、やはり、あの平川敏生が、マスクをつけたまま眠っていた。

2号車に戻って、関に、

「切り離し、撮ってきました」

と、報告する。

「ついでに、3号車を通ってきたら、平川先生は、間違いなく7番のAにいらっしゃいました」

「先生、寝ていたか？」

「お休みでした」

「先生も、酒に弱くなったね。昔は、ワンカップ一本くらいでは、酔わなかったんだがね」

と、関がいう。

（関さんも――）

と、いいかけたが、冬美は、やめた。この酒にだらしのない先輩が、なんといったら怒るのか、なにをいったら笑うのか、まだわからなかったからである。

列車は、この先は、三両編成で走る。

完全な郊外列車である。

各駅停車になり、冬美も名前をしっている温泉地帯を走る。温泉めぐりである。

鬼怒川温泉　一一時〇九分
川治《かわじ》温泉　一一時三〇分
湯西川《ゆにしかわ》温泉　一一時三八分

そして、一二時二九分、終点の会津田島駅に到着した。

この先、目的地の会津若松まで、会津鉄道になる。

こうした細かいスケジュールも、旅行雑誌の記事としては必要だし、喜ばれる。これは、関の言葉である。

三両編成の豪華特急列車から、地方鉄道のジーゼル車に乗り換えである。それでも「快速」だった。

ジーゼル車の車内は、コロナの注意書きであふれていた。

〈コロナ対策の車内換気のため、ドアは自動的に開きます。開くドアにご注意下さい〉
〈マスク着用をお願いいたします〉
〈君はもう感染しているかも
おじいちゃんを守ろう
おばあちゃんを守ろう
お父さん　お母さんを守ろう〉
そして、マスクをしている人形の絵。
「寒い地方の鉄道は、暖房の利きが悪くなるというので、駅に停車しても、ボタンを押さないとドアが開かないんだ」
と、関が、都会人の冬美に、教えてくれた。
十数分で、会津若松着。
白と黒の三角屋根の駅である。駅前には、白虎隊士二人の銅像があった。それは、勇ましいより、痛々しい。

小さい。まるで子供の姿である。

平川敏生には、さすがに迎えのハイヤーが待っていた。平川はそれに乗って、走りさった。

冬美たちのほうは、駅前の安い食堂を探して、遅めの昼食を取った。

中華そば　六〇〇円
月見うどん　五五〇円
カレーライス　六〇〇円
カレーうどん　そば　六五〇円
納豆うどん　そば　六〇〇円

「駅前食堂の値段が面白いね」

と、関が、いう。

「日本の時間給というのは、地方で違う。東京が最高で千円かな。だから、ラーメンが七百円でも八百円でも食べにくる。会津は時給八百円か、八百五十円くらいだろう。だから、自然にラーメンも六百円か、六百五十円になる」

関は、経済知識を披露したが、ラーメンの大盛りを食べたあと、例によって、ビールを飲んでいた。

そのあと、二人は、スケジュールどおり、磐越西線で新津を通って新潟に向かった。

編集長の指示でも、この新潟行は、明日のSL「ばんえつ物語号」に乗るためのもので、原稿に詳しく書く必要はないと、書いてあった。

それだけに、今回の取材のなかで、唯一、気楽な部分である。

「寝ていなさい」

と、関がいってくれたので、冬美は、目をつむった。

体は疲れていないのだが、なんといっても、初めての取材である。

目を閉じても眠ることができない。

スマホが鳴った。

反射的に手を伸ばしたが、傍らで、関が「もしもし」といいながら立ちあがったので、自分にかかってきたのではないとわかった。

関が、電話のためにデッキに出ていくのを感じ、そこでようやく、眠気がやってきた。

関が、いつ電話をすませて戻ってきたのか、眠ってしまって覚えていない。

気がつくと、すでに終点の新潟に近づいていた。

目を開け、

「電話だったみたいですね」

と、関にきいた。多少、照れ隠しもあった。

「ああ」

と、関がうなずく。

「編集長からだったんじゃありませんか?」

「よくわかるね。あの人は、あまり、記者を信用していないんだが、今回は初日から、ちゃんと取材をしているかとチェックをしてきた」

関は、苦笑している。

「どんなことをチェックしてきたんですか?」

「特急『リバティ』は新しい列車だから、どこが新しいかをちゃんと調べてこいとか、コロナ時代だから、車内の様子をしっかり写真に撮れとか、どんな乗客が多いかとか、もし、乗客のなかに有名人がいたら、旅行記にプラスだから原稿に入れておけとか、うるさいんだ」

「平川先生のことは、話したんですか？」

「一応、いっておいた。編集長は、あまり平川敏生には関心がないみたいで、まあ、原稿に入れておけ、みたいな返事だった。あれが政治家だったら、嬉しそうにきくんだろうがね」

「編集長は、政治家が好きなんですか？」

「ああ見えても、なかなかの政治人間だからね」

「編集長が、日本の政治に関心があるとは、しりませんでした」

「日本の政治をどうしたいとか、そういうんじゃないんだ。もっと現実的でね。政治家と親しくなれば、どれだけ得をするかと見てるんだよ。なにか困ったことがあって、役所の窓口にいっていくら陳情しても、なんの役にも立たない。それより、政治家か、その秘書と親しくなったほうが、早くて確実だというのが、編集長の持論でね」

「大人の知恵ですか」

「大人のずるさだよ」

（あれ？）

と、冬美は、思った。なんとなく、上には弱そうに見える関が、平気で編集長の悪口をいったからだ。

新潟に到着。

予約しておいた駅近くのホテルに入る。ＧｏＴｏトラベルのおかげで、一泊二食つきのホテルが、ひとり一万円以下で泊まれるのは、ありがたかった。

ホテル内で夕食をとり、冬美は、自分の部屋に入って、ベッドに横になる。

何気なく、テレビをつける。十一時のニュースになると、平川敏生の会津若松での講演が、ニュースになっていた。

講演の題名は「白虎隊に歴史を学ぶ」だった。

何気なくきいていると、いきなり、自分たちのことに触れたので、びっくりした。

「今回は、新幹線を使わず、東武鉄道浅草発の東武特急『リバティ会津111号』でこちらに参ったのですが、その車内で、三年ぶりに親しい雑誌記者に会いましてね。お互いに、旧交を温めたのですが、これが旅のよさでしょうね——」

平川にしてみれば、これを話の枕に持ってこようと決めたのだろう。

（有名人というのは、なんでも利用するんだな）

と、冬美は、感心した。

翌朝、ホテル内での朝食の時に、テレビのニュースの話を関にすると、

「俺は、そういうのが一番嫌いなんだ。向こうは、俺が喜ぶと思っているんだろうがね。君なんかは、若いから嬉しいか？」

「私も好きじゃありません」

と、冬美がいうと、関は、嬉しそうに微笑して、

「よし、よし」

と、うなずいた。

今日は、今回の取材の二番目の目的であるSLの乗車である。

もともと、SL「ばんえつ物語号」は、新潟―会津若松間を走っていたのだが、新潟駅が高架になって、新津駅に変更になったのである。

おかげで、SLに乗るために新潟から新津まで、いかなければならない。SL「ばんえつ物語号」は、新津発が一〇時〇五分なので、それまでに新津にいっておく必要がある。

二人は、少し早めに、ホテルを出た。

新津駅周辺の取材も、必要だったからである。

新津駅に着いたのは、九時一四分だった。

冬美は、初めて新津駅に降りた。

地方の鉄道も駅も、最近は観光で生きている。

新津駅も、そんな感じだった。

モダンな駅なのだが、駅のガラスには〈STEAM　LOCOMOTIVE　NIITSU〉の文字が浮かんでいる。

SL「ばんえつ物語号」が、この新津駅の売り物なのだ。

観光案内所も、なかの売り物は、SL関連だった。

壁には、時代時代のSL「ばんえつ物語号」のヘッドマークが壁に飾られ、SL模型や、SL写真集が並んでいた。

窓口にも〈森と水とロマンの鉄道・SLばんえつ物語〉の大きなポスターが、かかっていた。

あくまでも、新津駅の売り物はSLなのだ。

ホームに降りていく。

まだ、SL「ばんえつ物語号」は入線していなかったが、ホームは、家族連れや、カメラを持った鉄道ファンでいっぱいだった。

東武の特急「リバティ会津111号」のほうは、GoToトラベルにもかかわらず、七割ぐらいの乗客だったが、こちらは、賑やかである。たぶん、子供のせいだろう。

機関車に、七両の客車がついている。

牽引するSLは、SLの女王《クイーン》と呼ばれるC57型である。

冬美は、このC57型に思い出があった。

学生時代の夏休みに、日本で一番優雅なSLということで、C57型の写真を撮りにいった。

当時も今も、C57型が走っているのは、日本では二カ所だけだった。

山口県の山口線と、福島県の磐越西線である。

あの時、同じSLC57型だが、山口線に決めたのは、山口のほうがC57 1型で、福島がC57 180型だったからである。

C57 1型は、この型のSLの一号車を意味していたし、磐越西線のC57 180型は、百八十番目の製造を意味していたからだった。学生時代は、そんなことにもこだわっていたのである。

若かったし、時間があったのだ。

ホームでは、駅弁を売っていて、こちらも、賑やかだった。

まだ、列車が入ってこないので、乗客は駅弁のほうに集まっていた。

えび千両ちらし　一三八〇円
まさかいくらなんでも寿司　一一五〇円
新潟牛トン弁当　一一〇〇円
鮭の焼漬弁当　一一〇〇円
新津名物三色だんご　六五〇円

駅弁が、どんどん売れている。二人もつられて、弁当と三色だんご、それに、冬美はお茶、関は缶ビール二本を買った。

SL「ばんえつ物語号」が入ってきた。

ホームにいた乗客が、いっせいにカメラやスマホを向けて、シャッターを切っている。

関は、ホームの端までいって、正面から撮り、冬美は、機関士や助手たちと会話をしながら、主として機関室周辺を撮っていた。

冬美は、C57 1型の写真を撮りに、山口までいった時のことを思い出していた。

あの頃、彼がいた。大学の先輩だった。彼は政治家志望で、アメリカのハーバードに留学していたが休みに帰国していた。

その後、なかなか連絡がつかない。

一〇時〇五分。SL「ばんえつ物語号」発車。

冬美は、すぐに連結された客車を、1号車から最後尾の車両まで撮って歩いた。

SLは、車内も楽しいが、窓の外も面白い。

冬美は学生時代、SL「山口号」を撮りにいったのだが、今日も、コロナ騒ぎにも負けずに、撮影ポイントには、カメラを持ったSLファンが待ち構えていた。

(SLファンというのは、変わらないな)

と、冬美は、思った。

ひと固まりになって、思い思いにカメラのシャッターを切ってくるのだが、じっと見ていると、そのなかのひとりか二人が、すぐ近くの車に走っている。車で先回りして、次の撮影ポイントの場所取りをするのだ。

あの時と違うのは、みながマスクをしていることぐらいか。

パンフレットによれば、途中の津川《つがわ》駅で、給水と点検のために十六分停車すると、あった。

列車は三川《みかわ》駅の手前で、トンネルに入った。五十島《いそじま》トンネルと書いてある。

トンネルに入ると、車内に煙が入ってくるので、窓を閉めるのだが、乗っているSLファンは、閉めようとしない。

トンネルの出口が、撮影ポイントになっているからだ。出口あたりは、馬力を出そうとして、石炭を大量に投げこみ、グレーの煙が、綺麗に出るからである。

乗客、特に子供たちは、窓に向かって、カメラを構えたが、突然、歓声が生まれた。

気がつくと、子供たちのマスクが、吐き出される煙突の煙りの煤で、黒っぽく煤けているのだ。

冬美のマスクも黒ずんでいる。慌てて、取り替えながら、

（これが、コロナの影響の一つか）

と、思った。

このあたり、列車は、阿賀野川《あがのがわ》沿いに走る。川を渡る鉄橋も撮影ポイントで、人が近くに場所取りしていた。

一一時一二分。津川駅着。

十六分停車というので、乗客は、いっせいにホームに降りていき、ホームは、たちまち撮影会場になってしまう。

ここでは、冬美は、機関車より乗客を撮影した。

家族連れが多いのだが、意外に中年の男女も多かった。

たぶん、若い時からの鉄道ファンなのだろう。たいてい、大口径のカメラを持ち、なぜか、じっと機関車を見つめている。

再び、豪快に煙りを吐き出して、ＳＬ「ばんえつ物語号」は、会津若松に向かって走り出した。

冬美は、４号車にいってみることにした。

七両編成の客車だが、１号車と４号車が展望車で、特に４号車には、郵便ポストが置かれていて、車内から投函できると書かれていたからである。

間違いなく、赤い郵便ポストがあった。

冬美は、4号車に入ろうとして、足を止めてしまった。

そこに、関の姿を見たからだった。

酒好きで、ロマンチックな感情など皆無だろうと思っていたのだが、その関が、手紙を書いていたのである。

それを覗くのは悪い気がして、冬美は待った。
十五、六分もしてやっと、関が3号車のほうに消えたので、冬美は、4号車に入った。
バッグのなかには、切手を貼った封筒と、便箋を入れてあった。

まず、わかれて暮らす両親に書く。これは、簡単に書けた。

そして、もうひとつの封筒。書き損じた時の用心に、もう一枚持ってきた。というのは、自分についた嘘で、本音は、彼に手紙を書きたかった。

彼が今、どこにいるのかわからない。アメリカにいるのか、日本に帰っているのか。

ただ、彼の両親の住所は、メモしていた。そこ気付で出せば、彼のところに回してくれるだろう。

といって、やみくもに手紙は書けない。彼に、勝手に、自分にまいっていると勘ぐられるのはいやだったからだ。

難しいと悩んでいたら、今回、SL「ばんえつ物語号」の取材の仕事になった。

SL「山口号」と同じC57型の取材である。

これなら、C57 180型SL「ばんえつ物語号」の取材で、SL「山口号」のことを思い出して、ふと、手紙を出したくなったと書ける。SL「山口号」を撮った時、彼も一緒だったからだ。

(面倒臭い)

と、自分でも思う。自己弁護みたいなものだが、気持ちの問題だから、仕方がない。

とにかく、今回は、彼に手紙を書く理由を見つけたから、書ける。SLC57型に絡めて、彼宛ての手紙を書き、両親宛ての手紙と一緒に、赤い郵便ポストに投函した。

SL「ばんえつ物語号」は、いつの間にか、会津盆地に入っていた。水田が広がっている。

一三時三五分。終点会津若松着。

磐越西線の普通列車に乗り換えて、猪苗代に向かい、そこからはタクシーで、土湯温泉である。

学生時代は、友だちと秘湯めぐりをしたこともある。

その頃、一番の秘湯だと思ったのは、御生掛《ごしょがけ》温泉だった。八幡平《はちまんたい》にある一軒宿だった。

今、どんな温泉になっているのかはわからないが、冬美がいった頃の御生掛温泉は、暖房は温泉、売店で日用品や食糧を買っての自炊だった。

有名な温泉の名前もしっているし、そのなかには、泊まったところもある。

だが、土湯温泉というのは、しらなかった。どこにあり、どんな温泉かもしらなかったのだ。

東北の小さな温泉だろうという、感覚しかなかった。

実際に、タクシーで着いてみて、驚いた。

確かに、山間の温泉だが、大きな温泉ホテルが林立していたからだ。

川沿いの温泉だが、立派な橋の袂には、巨大なこけしが四本立っていた。

バスも通っていて、一見すると、小型の熱海《あたみ》の感じである。

橋を渡ってすぐのホテルを予約してあったので、そこにチェックインした。

「ここの取材は二日あるから、明日からゆっくりやろう。今日は、ホテルのなかで夕食をとって、寝たらいい」

と、関が、いった。

関自身が、すぐ寝たかったのか、彼の優しさなのかわからないままに、冬美は、ホテルの食堂で夕食をすませ、早々に自分の部屋に入ったが、関は、夕食のあと、食堂でしばらく飲んでいたらしい。

関に、すぐ寝ろといわれたが、新人で、初めての取材旅行である。すぐ寝ろといわれたので、かえって眠れなくなってしまった。

初仕事なので、なにかしないと不安なのだ。

ノートパソコンを取り出して、昨日、今日の取材について、思い出すままに打っていった。

原稿用紙五枚分の原稿を打ったあとは、ベッドに横になって、天井を見つめた。

彼に書いた手紙のことが、どうしても気になる。

なるべく、そっけなく書いたつもりだが、彼は、どう受け取るだろうか。

返事がくれば、どんな返事でも嬉しいが、反応がなければ、書いたことが後悔になってしまう。

そんなことを考え続けるのがいやなので、無理矢理、4号車で手紙を書いていた関のことに、考えを移すことにした。

冬美は、関のことをほとんどしらない。

興味を持ったこともなかった。

記者たちの話のなかで、自然にわかった知識しかない。

四十八歳で独身だとは、自然にわかった。

奥さんは死んだか、逃げられたらしいが、どちらかわからないし、冬美には興味はない。

彼女が考える想定のなかには、入っていないのだ。

ただ、今回の取材で、関が手紙を書いていたことには、わずかだが、興味がわいた。

しかし、男としての興味がわいたわけではなく、小説のなかの男に対する興味みたいなものだった。

だから、めちゃくちゃな想像をしてみたりした。

四十代の男。酒が好きで、仕事はずぼらだ。同僚からは、軽蔑されている。だが、真実は犯罪王。ＳＬ「ばんえつ物語号」から出した手紙は、殺しの司令――。途中から馬鹿らしくなって「ジ・エンド」と、自分で叫んだ。

なにかの雑誌で見た、マンガのストーリーだった。

彼のほうから連絡してこないし、仕事の相棒は、なまけものの酒飲みだ。ろくな男はいない。

（なんとか眠ろう。明日は忙しいのだ）

5

この日の夜、警視庁捜査一課の十津川は、上野警察署にいた。

たぶん、上野警察署に、捜査本部が置かれることになるだろうし、二、三日は、家に帰れそうもない。

前日の九月二十五日、東北新幹線上りの「なすの270号」が上野駅に停車した時、9号車グリーン車のトイレから、男の他殺体が発見されたのだ。

男の持っていた身分証明書などから、財務省キャリア官僚の土屋《つちや》健次郎《けんじろう》、五十歳と判明した。

上野で死体が発見されたことから、間違いなく警視庁捜査一課の事件である。

コロナ禍の経済のあり方は、難しい。

コロナの撲滅と、経済の発展は、車でいえば、ブレーキとアクセルだからである。

政治家は、マイナスの政策は取りたくない。国民に人気はないし、なによりも次の選挙で勝ち目がなくなるからだ。

コロナの問題があっても、なんとか経済がプラスに向く政策を取りたい。

幸い、コロナの感染者の数も死者の数も、落ち着いている。

そこで「経済も大事」と、政府が、ＧｏＴｏキャンペーン政策に踏み切ったのが、九月二十七日現在の状況である。

このＧｏＴｏキャンペーンの中心にいるのが、財務省から抜擢されて内閣官房参与になった土屋健次郎だった。

警察は、土屋健次郎の死亡を発表したが、政府側からは、土屋健次郎が、なぜ上り東北新幹線「なすの270号」に乗っていたのか、ＧｏＴｏキャンペーンのどの部分を担当していたかなどについては、まったく説明はなかった。

もちろん、この事件を担当することになった十津川に対しても、政府からの説明は、まったくなかった。
たぶん、これからも、政府側からの説明は、あまり期待できないだろう。
十津川は、片腕を縛られての捜査を覚悟した。

第二章　関修二郎

1

現在、土湯温泉は、二つのことで注目されていた。

一つは、こけしの故郷。もう一つは、再生エネルギーのモデルとしてである。

日本のこけしは、その素朴な美しさと独特な形で、世界的に注目を浴びているという。

東北は、文字どおり、こけしの故郷だが、実際にいってみると、さまざまな形があることに、関は気がついた。

関修二郎が、初めてこけしを買ったのは、高校三年の夏休みである。

親友五人で、鳴子《なるこ》温泉に旅行した時だった。

泊まった旅館のおみやげコーナーで、こけしを売っていた。その時、こけしにはいろいろな種類があることをしった。鳴子のこけしは首が回るのだが、それに感心して買ったわけではない。友だちが買ったので、それにつられて買っただけのことで、家に帰ると机の引き出しにほうりこみ、それきり忘れてしまった。

そして今度の取材旅行で、久しぶりにこけしに接した。三十年ぶりである。

街には「こけしのふるさと」の文字があふれ、泊まったホテルにも、おみやげコーナーだけではなく、廊下にも、各部屋にも、こけしが飾られていた。

日本、特に東北各地には、さまざまな種類のこけしが生まれていて、この土湯温泉のように、記念館があるらしい。

ただ、今回はこけしの取材が主ではなく、主目的は、温泉を利用した発電設備の取材である。

日本は、火山国、温泉国だから、昔から、その地熱を利用した発電方法がある。それが、太陽光や風力発電ほど盛んではないのは、温泉と発電の共存がうまくいかないかららしい。

温泉は本来、健康と観光である。

発電はその点、生活であり、実業である。

温泉の熱を利用して発電をすること自体は、さして難しくはないだろう。利用できる発電機械は、すでに存在しているからだ。

しかし、温泉地に、発電所を作っても、その地区全体の必要電力を作るのは難しいし、その発電施設を観光に利用するのはさらに難しい。どっちつかずになってしまうのだ。

したがって、日本全国の温泉地に、小さな発電機を備えたところが多くなったが、そのほとんどが、まともな発電ではなくて、一種の流行のようにしか見えてこないのである。

そんななかで、土湯温泉でも、温泉を利用した発電を始めたのだが、驚いたことに、現地の発電量を満たすだけではなく、余分な電力を周辺に売却しているというのである。

その上、温泉地としても、一時から激減した観光客が、戻ってきたという。その成功の原因は、今までの地熱発電の方式とは違うものだということだった。

どんな形の発電なのか、成功の秘密をしりたくて、日本各地から、見学者が絶えないといわれているらしい。

関たちの泊まったホテルには、ロビーに〈土湯温泉町と再生可能エネルギー〉

と題したパンフレットが、何冊も置かれていた。

また、土湯温泉自慢のバイナリー発電所についての、見学会の申込用紙もあった。

しかし、コロナ騒ぎの今は、パンフレットや申込用紙を手に取る観光客もいないとみえて、ロビーは、ひっそりとしていた。

関は、これから冬美と取材にいくので、ロビーでパンフレットに目を通した。

地図を見ると、荒川《あらかわ》と呼ばれる清流が、土湯の街の中央を流れている。

この荒川の上流に、地熱を使った地熱発電所があり、ここで使用されている発電機は、バイナリー発電機と呼ばれるものだとある。

土湯の源泉は、二百度を超える高温で、それを蒸気と熱水に分離して、蒸気で、まず、地熱発電をする。

高温の上、バイナリー発電装置（アメリカ製）を使うので、普通、一回しかタービン発電機を回せないが、ここでは、二回タービンを回して発電することができるという。

二回タービン発電機を回したあと、蒸気は熱水に戻して、温泉として、ホテルや旅館に送られるが、そのほか、土湯の街の事業として、温水を利用して、エビの養殖もしているとあった。

荒川の支流が、街の中央で合流していた。

この支流、東鴉川《ひがしからすがわ》に、高低差のある滝を作り、それを利用した水力発電所も、パンフレットには書きこまれていた。

したがって、この土湯温泉は、地熱と水力の二つの再生可能発電施設を持っていて、写真で見る限り、どちらも、かなり大規模な施設である。

これだけの施設がないと、地元のすべての電力を賄い、売電まではできないだろう、と関は思った。

2

藤原冬美が、ロビーにおりてきたので、関はパンフレットを渡し、

「一応、目を通しておいてくれ。あとで、発電所を取材にいくから」

と、いった。

冬美は、パンフレットを受け取ってから、

「びっくりしました」

「何が?」

「この土湯温泉には、ガソリンスタンドが一カ所もないんです」

「じゃあ、全部、電気か」

「一番近いガソリンスタンドでも、街を出て、福島市に向かって十五分ほど歩かないとありません。しかも、そのガソリンスタンドは、日曜日が休みなんだそうですから、どうなんですかね。すごいことなんでしょうか」

「まあ、すごいことなんだろう」

関が笑った時、彼のスマホが鳴った。

「関さんですか?」

出ると、男の声が、きく。きき覚えのない声だった。

「そうですが」

「雑誌『旅と人生』の記者、関修二郎さんですか?」

と、重ねてきく。何となくしつこい。

「そうですが、そちらはどなたですか?」

関のほうも、自然に言葉が強くなってくる。

「警視庁の十津川といいます」

「警視庁？」

「そうです。警視庁捜査一課の者です」

「その警視庁が、何の用ですか？」

「内密に、関さんに、お伺いしたいことがありましてね」

と、相手は、いう。

関に思い当たることはないが、長い電話になりそうなので、

「ちょっと待って下さい」

と、いってから、冬美に向かって、

「荒川の上流にある発電所へいって、写真を撮って、話をきいてきてくれ」

と、指示し、彼女を見送ってから、

「それで、用件をいって下さい」

と、電話の向こうの刑事に、いった。

「土屋健次郎さんという方をご存じですか？」

と、十津川という刑事が、きく。

「いや、しりません」

「東京の人間で、財務省のキャリア官僚で現在、内閣官房参与です」

「ますます、私には関係のない人です」

「平川敏生。平川先生と呼ばれている男は、ご存じですか？」

「平川先生――、つき合いはありませんが、名前はしっています」

「最近、この平川先生に、お会いになったことはありませんか？」

「ああ、昨日、偶然に会いました。浅草発、会津田島行の東武鉄道の特急『リバティ会津111号』の車内です。私は、会津若松までいく取材の用で、一つ目の停車駅のとうきょうスカイツリー駅で、平川先生が乗ってこられましてね。私は忘れていたんですが、三年前に、取材でお会いしていたんですよ。平川先生のほうは覚えていて、向こうから、三年前の記者さんだろうと、声をかけてくれましてね。しばらく車内で話をしました」

「平川さんは、その時、どこまでいくと、いっていましたか？」

「会津若松で、講演を頼まれていると、いうことでした。秘書の方と一緒でした」

「あなたとは、会津若松まで一緒だったんですか？」

「そうです。私は、会津若松から新潟に向かいましたが、平川先生のほうは、会津若松に迎えのハイヤーがきていました」

「あなたは、平川さんとは、三年ぶりに会ったんでしょう。よく平川さんとわかりましたね？」

「あの先生の顔は、よくテレビに出てきて、皆さん、よくしっているんじゃありませんか。あのとおりの顔でしたよ」

「わかりました。私が、平川さんのことをあなたにきいたということは、内密にしておいてください。先方が、気を悪くするといけませんので」

と、いって、十津川は電話を切った。

関は、小さく吐息をついた。突然の警察からの電話で、自然に、緊張してしまっていたのだ。

それにしても、奇妙な電話だったと思った。

平川敏生のアリバイをきいてきた。簡単にいえば、それだけの電話である。

しかし、不審な電話でもある。第一、相手は、警視庁捜査一課の十津川と名乗ったが、本物の刑事だという証拠は、何もない。

それに、最後に、電話のことは内密にしていただきたいといっていた。

このことにしても、怪しいといえば怪しいのだ。

関は、ホテルに頼んで今朝の新聞を借り、社会面に目を通した。

ある記事が出ていた。

〈九月二十五日。東北新幹線の上り「なすの270号」が上野駅に停車した際、9号車グリーン車のトイレから、男の他殺体が発見された。

男の持っていた身分証明書などから、財務省官僚の土屋健次郎氏、五十歳と判明した。

土屋氏は、GoToキャンペーンの旗振り役のひとりとしてしられており、警察は、今回の事件がそのことと何らかの関係があるかどうか、慎重に調べている〉

これだけの、短いものだった。

内閣官房参与、土屋健次郎の顔写真も、載っていた。

関たちが、GoToトラベルキャンペーンのおかげで、取材旅行が可能になっただけに関心はあったが、もちろん、被害者の土屋という官僚にも、見覚えはない。GoToキャンペーンのどの部分に関係しているのかなどには、今のところ、関心がなかった。

それでも、冬美が取材から帰ってくると、電話のことを話し、新聞記事も見せた。

彼女も、特急「リバティ会津111号」の車内の出来事を覚えていて、

「あの金色のマスクの先生のアリバイが、特急『リバティ会津111号』に乗っていたことなんですか」

「どうも、そうらしい」

「それで、関さんは、どう答えたんですか？　警視庁の刑事に」

「一応、会津若松まで一緒だったといっておいた」

と、関は、いってから、

「事件がこじれると、君にも証言を求めてくるかもしれないぞ。特急『リバティ会津111号』では、君も一緒にいたんだから」

「そうですね。私も、アリバイ証人なんですね」

と、冬美は、笑った。

「君は、政治に興味があるのか」

「あるほうかもしれません。父が以前、市議会議員でしたから」

「それは意外だな」

「関さんは、どうなんですか」

「俺か」

と、関は、おうむ返しにいってから、

「どうだったかな」

「関さんは、自分のことをあまり喋りませんね。皆さん、同じことをいっています。社では古参なのに、関さんのことをよくしらないいって」

たぶん、一緒に取材旅行に出た気安さからだろう、冬美は、そんなこともいった。

「別に、自分のことを、宣伝することもないと思ってね」

「田所編集長とは、昔から一緒にやっていらっしゃったんでしょう」

「そうだが、今は、向こうは社長でもあるからね」

とだけ、関はいった。

「男同士って、そういうものですか」

「女同士はわからないが、男同士は親友になるか、他人になるか、そのどっちかだと思っている」

「お子さんは、いないんですか？」

冬美が、そんなことまできいたのは、ＳＬ「ばんえつ物語号」の列車のなかで、関が手紙を書き、車内の郵便ポストに投函していたのを見ていたからだった。

若い女らしく、関が、誰に、どんな手紙を書いたのかしりたいのだ。

だが、関はその質問には答えず、

「バイナリー発電所の取材は、うまくいったのか？」

と、冬美にきいた。

「丁寧に説明してくれました」

「じゃあ、東鴉川の上流にある水力発電所の取材にいこう」

と、関は、いった。

ホテルの電動バイクを借りて、東鴉川の上流にある水力発電所に向かった。

ホテルのロビーにあったパンフレットにあるように、かなり本格的な発電設備だった。

荒川上流の地熱バイナリー発電所のほうは、申しこめば説明してくれるし、見学所も完備しているらしいが、東鴉川水力発電所のほうには、そうしたものはないらしい。

見学者の姿も見当たらなかった。

それだけ、普通の水力発電所だということなのだろう。

現場にいってみると、事業の出発は、二〇一一年三月十一日の東日本大震災だとわかった。

マグニチュード九・〇。最大震度六強。この時、福島の第一原子力発電所が破壊された。

福島市にある土湯温泉も、破壊された。旅館、商店、一般住宅多数が損壊にあい、二軒の旅館が廃業した。

それでも、家を失った被災者九百四十九名を受け入れたという。

土湯温泉は、それまで年間二十六万人の観光客があったのだが、それが十一万人に激減した。

その復興の途中で、温泉を利用したバイナリー発電所も、東鴉川の水力発電所も生まれたのだという。

東鴉川の水力発電所についていえば、落差のある砂防堤を設け、造堤するに際して、その自然を利用して、発電所の建設を考えたのだという。

つまり「東鴉川第三砂堤計画」が、そのまま、水力発電計画だったということである。

「しかし」

と、説明してくれた発電所の所員が、関たちにいった。

「うちは、自然流水を利用していますから、落ち葉、流木、流石、木の実などに対応し、また、雨の量にも気を配らなければなりません。もちろん、台風にもです。だから、大変ですよ」

これは、正直な話だろう、と関は思った。

土湯温泉の街のなかには、さまざまな観光客向けの施設があった。

宿泊施設、日帰り入浴施設、足湯、カフェ、レストラン、皇后雅子様歌碑、どぶろく醸造所、エビ釣り堀など。そうした努力が、観光客を呼び戻したのだ。

ほかの呼び物は、こけしである。

こけし工房がたくさんあり、有名な工人の実演を見ることができた。

説明によれば、土湯温泉は、遠刈田《とおがった》、鳴子と並ぶ、三大こけし発祥の地だという。

土湯こけしの特徴は、次のようなものだった。

簡素・素朴な美しさ。

比較的頭は小さく、胸は細め、女性的。

髪飾りは大きい。

胴は、ろくろ模様。

鯨目、たれ鼻、おちょぼ口。

頭は胴にはめこみ、首を回すと、きいきい鳴く。


冬美が、小さいこけしを買った。

関も、少し迷ってから、少し大きめのこけしを買った。

「こけしを買ったのは、高校生の時以来。だから、三十年ぶりかな」

と、少し照れくさそうに、いった。

「お子さんが、いるんですね」

と、冬美が、いった。

「どうして?」

「男の人は、三十年ぶりだからといって、こけしは買わないんじゃありませんか。だから、どなたかに、プレゼントするんだろうと思ったので」

「しかし、君だって、こけしを買ったじゃないか」

「私は、女ですから。自分に似たこけしを買ったんです」

「実はね」

と、関が、珍しく悪戯っぽい表情をした。

「新津からSL『ばんえつ物語号』に乗ったが、あの列車の4号車の展望車で写真を撮ろうと覗いたら、君がいた。手紙を書いて、車内の郵便ポストに投函していた」

「私も、関さんが、展望車で手紙を書いて投函するのを見ています。あの時、引き返してきたんですか」

「そうなるかな」

「まるで、秘密を見られた感じがします。関さんは、どうなんですか?」

と、冬美が、きいた。

「ただの手紙だよ。鉄道好きの友だちに書いただけだ」

「そうは見えませんでした」

「どうして?」

と、関がきく。

「ずいぶん苦労して、書いていらっしゃるように見えましたから」

「妙に、絡むね」

「今、なぜか、いろいろ話したい気持ちなんです」

と、冬美が、いった。

「じゃあ、話せばいい。よいきき手じゃないが、きいてあげるよ」

と、関は、いった。

その時、関は、三年前にわかれて、その後、会っていない娘のことを考えていた。

年齢は、今、目の前にいる冬美と同じくらいだろう。

何をしているのかはわからない。住所も、変わっているかもしれないが、新しい住所をしらないので、三年前の住所で書き、SL「ばんえつ物語号」の展望車の郵便ポストに投函した。

実際には、関の手紙は、一度も娘には届いていないのである。

いつも、宛先不明で戻ってくる。

そこに、娘は住んでいないのか、住んではいるが、受け取りを拒否して、住んでいないことにしているのか、関にはわからない。

と、いって、その住所を訪ねていく勇気が、今の関にはない。

そのくらい、あの時、関は、娘を傷つけてしまったのだ。

何とか、その償いをしてから会いたいと、都合のいいことを考えているのだが、その機会がないままに、今日に到っている。

二人は、電動バイクを降りて、東鴉川に沿って歩いた。

「彼に手紙を書いて、SL列車の郵便ポストに投函しました」

と、冬美は、前を見ながら、いった。

「ああ」

とだけ、関はいった。が、本気できいているのかどうか、わからない。

冬美は、まだ関という男を信頼していなかったから、そのまま、勝手に喋った。

ひとり言のようなものだった。

「彼は、大学の先輩で、卒業後、中堅の出版社に入りました。大学の旅行サークルの催しで、その彼に会って意気投合し、つき合うようになりました。彼は私にふさわしい、私も彼にふさわしい、安心できる彼だった。彼は、両親に、自分を一段と飛躍させるために、アメリカへいくんだといったそうです。その後、向こうの一流大学を出てニューヨークで働いているという話はきいているけど、なかなか連絡がとれない。ひょっとすると、彼はすでに帰国していて、彼がいう一段と飛躍した世界で、働いているんじゃないかと思うんです。でも、消息が摑めない。彼の両親にきいた話では、今、その基礎を築いていて、自信ができたら、連絡してくるはずだというのだけれど、本当かどうかわかりません。私には、彼が帰ってくるのを待つという自信が持てない。だから、彼の両親宛てに手紙を書きました。彼に渡してくれと、添え書きもしました。だから、やたらに不安なんです」

「男にはね」

と、関が、いった。

冬美は、期待しないで、

「ええ」

と、いった。

「一生に一度、自分が、やたらに大きく見えて、自分を見失うことがあるんだ」

意外にもまともな言葉だったので、冬美は、ちょっと驚いて関を見た。

「彼は、自分を見失うような人じゃないんです」

「それは、君が、そう思っているだけだ」

「どうして、そう思うんですか？」

「そんな男をしっているからだよ」

（あれ？）

と、冬美が思ったのは、関の言葉のひびきに、妙に実感がこもっていたからだった。

少し考えてから、冬美はいった。

「ひょっとして、その男って、関さん自身じゃないんですか？」

その言葉で、関の足が、止まった。

「時間だ。ホテルに戻ろう」

と、関は、急にいい、足早に電動バイクのところに戻り、発進させた。

冬美も、自分の電動バイクに乗ると、アクセルをふかした。

そのまま、関に追いつこうとした時、冬美のスマホが鳴った。

冬美は仕方なくバイクを停めて、電話に出た。

「旅と人生社の藤原冬美さんですか？」

と、男の声が、きく。関から、警視庁の刑事から電話があったことをきいてい

たので、

「警察ですか？　平川先生のことなら、間違いなく、会津若松まで一緒でしたよ」

先回りして、いった。

「それは、平川敏生さんに間違いありませんか？」

「ええ。秘書の方も一緒だったし、私と同じ列車に乗っていました」

「念を押しますが、九月二十五日の午前九時〇〇分、浅草発の特急『リバティ会津111号』に、一緒に乗っていたということですね？」

「はい」

「そのあと、会津若松でわかれた。それでいいんですね。会津若松着は、一三時三三分。つまり、九月二十五日の午前九時から午後一時三十三分まで、一緒だったということですね？」

「正確には、特急『リバティ会津111号』のなかで、私と同行者は2号車で、向こうは3号車です。同じ列車です」

「わかりました。私が電話をしたことは、しばらく内密にお願いします」

と、いって、相手は電話を切った。

そのあと、ホテルに帰ると、冬美は、警視庁の刑事から電話があったことを、関にいった。

「最後に、電話したことは、しばらく内密にしておいてくれと、念を押されました」

「俺も、同じことをいわれたよ」

と、関が、笑った。

「平川先生のアリバイを、調べているからでしょうか？」

「たぶん、平川先生が、容疑者のひとりなんだろう。その疑いが、まだ晴れていないのだと思う」

「殺されたのは、財務省のキャリア官僚らしいですね」

「今、問題になっているＧｏＴｏキャンペーンの旗振り役だともいわれている」

「それで、警察も必死なんですか」

「そうだと思う。今、コロナ騒ぎだが、政府は、なんとかＧｏＴｏキャンペーンを成功させようとしている。その旗振り役が殺されたんだから、一刻も早く犯人を逮捕して、ＧｏＴｏキャンペーンを、成功させたいんだ。大変だろうな」

関が、コーヒーを飲んでいるので、冬美も飲みたくなって、ロビーの隅のカフェテリアでコーヒーを淹《い》れてもらい、関の近くに腰をおろして、飲み始めた。

今日一泊して、帰京である。

帰京したら、原稿の仕あげが、待っている。

「原稿ですが」

と、冬美は、マスクをした顔を、関に向けた。

「時間どおりに、浅草駅から特急『リバティ会津111号』で出発したことから書き始めたいんですが、途中から平川先生と秘書が乗ってきたことも、書いたほうがいいと思いますか？」

「俺も、迷っているんだ。それで、平川先生の小田切という秘書に電話をしてみた。そうしたら、そのまま書いて下さいといわれたよ。平川先生としても、ＧｏＴｏキャンペーンやコロナ対策で、東奔西走している。あの日も、会津若松で、コロナに負けるなと講演するために出かけたということを、おそらくいってもらいたいんだろう」

「コロナで、仕事を失う人もいれば、講演で忙しい人もいるんですね」

「それが人生だという人もいる」

「平川先生って、どういう人なんですか？」

と、冬美が、きいた。

「元官僚だよ。何か事件を起こして、辞職したんだが、いつの間にかK大教授になり、政治、経済の評論家になって、そして、首相のブレーンになった。たぶん、ＧｏＴｏキャンペーンにも、関係していると思う。会津若松での講演も、政府のＧｏＴｏキャンペーンやコロナ対策を支持するものだっただろうからね」

と、関は、いった。

なぜか、今日の関は、多弁だった。

「それなら、平川先生と、死んだ土屋という人は、同じ考えを持っていたわけだから、容疑者というのは、おかしいんじゃありませんか」

冬美はきいた。

「誰か、評論家がいっていた。政治の世界は魑魅魍魎《ちみもうりょう》の集まりだって。仲間だと思っていても、足の引っ張り合いだというからね」

「魑魅魍魎って、化け物のことでしょう？」

「山と川の化け物だよ」

「そんな化け物に会ったことがあるんですか？」

と、冬美が、きいた。

「いや、話できいただけだ」

と、関はいって、黙ってしまった。

今までは、面白くなさそうな人だと思っていたのだが、今は、ちょっと変な人という感じになっていた。

関が旅と人生社で、一番の古参の記者だということは、きいていた。

だが、どんなに古いのかはきいていなかった。

それは、ほかの記者たちから、敬遠されているようにも、冬美には思えた。

実際、ＧｏＴｏトラベルキャンペーンに便乗した取材では、誰もが関とは組みたがらず、新人の冬美に押しつけたらしいという声もあった。

一番の古参といわれながら、社内で尊敬されていないという空気も、冬美は感じていた。最初は、その理由がわからなかったのだが、旅と人生社一筋ではないことが、理由らしいこともわかってきた。

だが旅と人生社にくる前に、何という出版社にいたのかは、関本人もいわないので、はっきりしない。

「一つ、質問してもいいですか？」

と、冬美は、関を見た。

「今日は、やたらに、質問してくるね」

「平川先生のことなんですが、関さんは、三年前に一度会っただけなんでしょう?」

「そうだ」

「それなのに、平川先生のほうは、ちゃんと覚えていて、秘書の人が探しているのに、2号車で関さんと話しこんでいましたよ。平川先生は、関さんのことが、お気に入りなんじゃありませんか」

「三年前に、一度しか会っていないのにか」

「人間、会ったとたんに、百年の友になるという話もきいています」

「あの先生は、政財界をうまく泳いできている人だ。誰に対してだって、本気で信頼するような人じゃない」

と、いう。

(やっぱり、おかしい)

と、冬美は、思った。

(この人自身、もしかすると、魑魅魍魎の世界にいたんじゃないのか)

ただ、それをしりたいほどの強い願望はわいてこなかったので、冬美は、もう一度、土湯温泉の街を見ておこうとホテルを出た。

誰もがマスクをしているが、それ以外は、のどかな温泉街である。

東日本大震災から、地熱発電と水力発電で見事に立ち直った土湯温泉。

だが、コロナで、また痛手を受け、ＧｏＴｏトラベルキャンペーンで、再び観光客が増えつつある。それが、冬美の目に映る現在の土湯温泉である。

そんな原稿になりそうである。

(関は、どんな原稿を書くのだろう？)

3

三泊四日の取材旅行は終わり、社に戻ると、東武鉄道の特急「リバティ会津111号」と、ＳＬ「ばんえつ物語号」の部分は関が書き、土湯温泉については、冬美が原稿を書くことになった。

本来なら、二人で、どんな旅行記にするかを話し合いながら、仕事を進めていくものだが、関は、

「お互いに、担当部分は、書きたいように書くことにしよう。そのほうが、面白

いものになる」

と、勝手に決めて、書いている三日間は、家にいるといって、休んでしまった。

冬美は、その間も出社して、社で原稿を書くことにした。

旅と人生社は小さいが、鉄道や空路、街の歴史などの参考資料は、それなりに揃っていたからである。

書いている間、関のほうから連絡してくることは、一度もなかった。冬美のほうも、関とは連絡を取らずに、同じく三日間で自分の担当部分の原稿を書きあげた。

あとは、その原稿にふさわしい写真を、自分の撮ったもののなかから選んで完成である。

十月二日。締め切り。

田所編集長に提出して、ほっとしたが、この日、昼すぎになっても、関は、出社してこなかった。

田所は、冬美に向かって、

「これからすぐ、関のマンションにいって、原稿を取ってこい」

「関さん、どうしているんですか？」

「電話に出ないんだよ。たぶん、原稿を書きあげたから、酒でも飲んで酔っ払って寝ているんだろう」

と、田所は、いった。

今日が、来月号の原稿の締め切りである。

冬美は、タクシーを飛ばした。

関のマンションにいくのは、初めてである。

中央線《ちゅうおうせん》の中野《なかの》駅から歩いて十五、六分のマンションである。

一階に並ぶ郵便受の三〇六号に〈関〉の名刺が貼りつけてあった。

エレベーターで、三階にあがる。

三〇六号室のベルを押す。

応答がない。

(出かけたのか)

と、思いながら、もう一度押す。が、応答はない。

仕方がないので、一階におり、管理人を呼んだ。

初老の管理人は、面倒臭そうに、首を振りながら三階まできて、

「関さん！」

と、大声を出しながら、ドアを開けてくれた。

「関さん、入りますよ」

先に立って、部屋に入ったとたん、

「うわっ」

と、声をあげた。

立ち竦む管理人の背後から、冬美は、背伸びをして部屋を覗きこんだ。

白いワイシャツ姿の男が、俯せに倒れている。

その背中に、血がべったりとついていた。

関だった。

「関さん！」

冬美が呼んでみたが、反応がない。

「死んでいるんですよ」

と、管理人が、いう。

「とにかく、救急車を呼んで下さい」

と、冬美は、叫んだ。

4

すぐに救急車がやってきたが、二人の救急隊員は、いやに冷静な口調で、

「一応、病院には運びますが、もう亡くなっていると思います」

と、いった。

それは、冬美にもなんとなく、わかった。

白いワイシャツについた血が、すでに乾いて固まっていたからである。

二人の救急隊員が、ストレッチャーに関を乗せて、バンドで固定している間、冬美は、田所編集長に電話でしらせ、そのあと、自分でも驚くほど冷静に、部屋のなかを目で調べていた。

まず、原稿だった。関は、ノートパソコンを使っていたし、今度の取材旅行でも、それを持ち歩いていたのだが、そのノートパソコンが見当たらないのだ。

冬美は、スマホを使って、部屋のなかを秘かに撮った。

救急車には、冬美も同乗した。

搬送された病院の名前も、冬美は、田所に伝えた。

病院では、病院長が死亡の診断をくだし、すぐに警察に連絡した。

刑事が二人きて、そのひとりが、

「十津川です」

と、警察手帳を見せたので、冬美は、

(この刑事が)

と、実物を確認した。

十津川は、遺体を確認してから、

「関さんは、平川敏生さんや、土屋健次郎さんについて、何かいっていませんでしたか?」

と、きいた。

そのきき方に、冬美は、むっとした。関が亡くなった直後なのだ。それなのに、亡くなった人のことより、事件のほうが大事だというようなきき方に、むっとしたのである。

「何もいっていません。そちらのいう事件と、こちらとは関係ありませんから」

わざと意地悪く、答えた。

「何も、いっていませんでしたか?」

「それより、関さんを殺した犯人を、一刻も早く見つけて下さい」

「わかっています。藤原冬美さんは、関さんの部屋を、われわれより先に見ているわけだから、その時、何か変わった点に気づきませんでしたか?」

十津川は、やっと、まともな質問をした。

「ノートパソコンがありませんでした」

「それが、気になったんですか?」

「私は、関さんと、特急『リバティ会津111号』で、東北に三泊四日の取材旅行にいってきて、それを原稿にしなければいけなかったんです。関さんは、ノートパソコンを使っていたから、気になったんです」

「とすると、関さんの原稿は、そのノートパソコンに入っているわけですか?」

「だと思います」

「関さんは、どんな原稿を書いていたと思いますか?」

「それはわかりませんが、列車の部分は、関さんが書き、土湯温泉の部分は、私が、書くことになっていました」

「その時、関さんは、特急『リバティ会津111号』に、平川敏生さんが、乗っていたことを書くつもりでしたかね?」

「それは、書く気だったと思います」

「どうして、そう思うんですか？」

「関さんが、平川先生の秘書の小田切さんと、編集長に、特急『リバティ会津111号』で一緒になった平川先生のことも原稿に入れてもいいかときいたら、いいといわれたと、私にいっていましたから、間違いありません」

「それはつまり、平川敏生さんも、オーケイを出したということになりますね」

十津川は、妙に意気ごんで、いう。

「それは、十津川さんが、平川先生に、おききになったらいいんじゃありませんか」

と、冬美は、わざと、いった。

十津川は、別に、怒りもせず、

「そうですね。本人にきいてみましょう」

と、うなずいている。

「私も、質問したいことがあります」

と、一緒にきた刑事が、いった。

「こちらは、亀井刑事です」

と、十津川が、紹介した。彼より四、五歳年長に見えた。

「関さんがあなたに、自分が、誰かに狙われているようなことを、いっていませんでしたか？」

と、亀井刑事が、きいた。

「いいえ。ぜんぜん。第一、私は、社では新人で、関さんのことはよくしらないんです」

「それにしては、よく観察していますよ」

「何とか先輩に追いつきたいから、当然でしょう」

「関さんのマンションにきたのは、今日が初めてですか？」

「初めてです」

「最初に、関さんのノートパソコンがないことに、気がついたといわれた。そのほかに、気がついたことはありませんか」

「すぐ、救急隊員と関さんを病院に運びましたので、その時間は、ありませんでした」

「しかし、マンションの管理人の話では、あなたは、自分のスマホを使って、関さんの部屋のなかを、しきりに写していたというんですがね」

と、亀井刑事が、つづける。

「確かに、写していましたが、何が写っているかは、まだ見ていません。それに警察だって、事件の現場は、詳しく調べているんでしょう?」

「そのとおりですが、見方が違います。だから、同じ出版社の記者仲間で、今回、一緒に取材もされた、藤原冬美さんの意見をききたいんです」

「それでは、写した写真をゆっくり見ながら、感想をいいます」

と、冬美はわざと、思わせ振りにいった。

そのあと、十津川たちとわかれた冬美は、田所編集長に電話をかけた。そこで、田所編集長の指示を受けた。

関のノートパソコンも、原稿も見つからない。それで、結局、冬美が全部書くことになった。となれば、今日は徹夜になりそうである。

冬美は、田所編集長に、自宅マンションで原稿を仕あげる旨を伝え、関の部屋を撮った写真を見ながら、原稿を書き出した。

(大きな本棚だな)

と、まず思った。

どんな本があるか、画面を拡大してみる。

旅と人生社で働くのだから、当然、旅の写真集や本が多いと思うのだが、なぜか政治関係の本が多い。

それも、国際政治から、日本の政治までと幅広い。外国語の原書もある。

「JAPAN AS NUMBER ONE」の原書もあった。日本を持ちあげすぎているので、駐日大使が日本人を天狗にしてしまうので、翻訳しないほうがいいと忠告した、いわくつきの本である。

冬美は、大学時代、翻訳されたものを読んだのだが、関は、ベストセラーになる前に、原書で読んでいたことになる。

冬美は、感心すると同時に、関という男がわからなくなった。

また、彼がどんな旅行記を書いたか、読んでみたくもなってきた。

だが、それは、ノートパソコンと一緒に消えてしまった。

(どんな旅行記を書こうとしていたのか。書いたのか)

それを見たいのだ。

なるべく、関との三泊四日の取材旅行と、彼の言動を思い出しながら、自分のノートパソコンに打っていった。

案の定、徹夜になった。

出社して、自分のと関が書くべき分の二つの原稿を田所に渡して、

「なるべく、関さんらしくと思って書きました」

と、いってから、休憩室で眠ってしまった。

どのくらい眠ったか、わからない。

目が覚めると顔を洗い、社の近くのそば屋で天ぷらそばを食べて、ようやく元気を取り戻した。

支払いをしようと、バッグから財布を取り出そうとして、冬美は驚いた。

バッグから、白い封筒が、顔を覗かせていたからだった。

自分がいれた記憶は、まったくない。

(落ち着いて)

と、自分にいいきかせながら、冬美は、コロナ問題が起きてから、いつも持つようになっているうすい手袋をゆっくりとはめて、問題の封筒を、つまみあげた。

少し、指先が震えた。

女店員が、じっと、冬美を見つめている。

冬美は、市販の白封筒の表に、

〈警告〉
の二字が、書かれているのを見た。
たぶん、パソコンで打たれた文字だ。
中身を取り出した。こちらも、市販の白い便箋が出てきた。
〈よけいなことを喋ったり、書いたりするな〉
こちらも、パソコンで書かれた文字に見える。
天ぷらそばの料金を払って、冬美は、社に戻った。
社には、警視庁の十津川警部と亀井刑事がきていて、田所編集長から話をきいていた。
十津川が、冬美を見た。
今日は、冬美のほうから近づいて、
「こんなものが、バッグのなかに入っていました。バッグに突っこんであったんです」

と、問題の白封筒を渡した。

「あなたの指紋は、ついていますか？」

十津川が、こんな時も冷静にきく。

「大丈夫です。コロナ対策の手袋をはめてましたから」

「なるほど、拝見しますね」

十津川は、呟きながら封筒を受け取り、中身を取り出した。

「『警告』ですか」

亀井刑事と、田所編集長が、覗きこむ。

「『よけいなことを喋ったり、書いたりするな』ですか」

と、十津川は、声に出して読みあげてから、

「いつ、誰がバッグに投げこんだか、心当たりはありますか？」

「いいえ、ありません。昨夜、徹夜で関さんの分の原稿を書いてから出社し、田所編集長に渡して仮眠したあと、近くのそば屋で天ぷらそばを食べ、レジで支払いをしようと、財布を出そうとして気がついたんです」

「今日、マンションを出てから、一度も財布は使っていなかったんですか？」

「使っていません。バッグに入れて、一度も触っていません」

「その間、バッグの口は、閉まっていましたか？」

十津川が、きく。

「それが、何しろ徹夜で、原稿を書いたあとなので、自信がないんです。化粧品を取り出して、顔を直したあと、バッグの口が開いたままになっている時があったかもしれません」

「だが、何かの支払いで、財布に触ってはいない？」

「それは、確かです」

と、冬美は答えた。

十津川は、田所編集長に目を向けて、

「藤原さんの原稿は、受け取っていますね？」

「受け取って、ずっと読んでいました。関くんが死んで、原稿も消えて、急いでいましたから」

と、田所が、答える。

「内容は、どうでした？」

「新人としては、かなり、しっかりした原稿になっています。このまま印刷に回してもいいと思い、ほっとしています」

「その原稿を、しばらく、われわれに預からせてくれませんか」

と、十津川が、いう。

「しかし、この原稿は、すぐ印刷に回さないと、来月号に間に合いません」

「それでは、すぐ、コピーして下さい」

と、十津川は、命令口調で、いった。

田所が、眉を寄せて、コピーの指示をしている間に、十津川は、冬美を部屋の隅に連れていって、

「殺された関さんと、取材先では、どんな話をしていたんですか？」

「それが、問題なんですか？」

「わかりませんが、関さんは、取材から戻ってすぐ殺されていますからね」

「取材先では、あまり関さんと話はしていません。彼は、うちの社では最古参で、私は新人ですから、あまり話が合わないんです」

「しかし、少しは話しているでしょう」

「ええ、少しは。でも、殺人事件を引き起こすようなことは、話していません」

と、冬美は、いってから、本棚の本のことを思い出していた。

「警察は、殺された関さんのことも、調べていますよね？」

「それは調べます。被害者が、どんな人物だったのか、日頃の言動が、殺される理由になることも、あり得ますからね」

「関さんのことで、何かわかったら、私にも教えて下さい。お願いします」

と、冬美は、いった。

「なぜですか？」

「一緒に、取材にいったからです。同じ列車に乗り、同じホテルに泊まり、同じ温泉地を取材しています。その関さんが、殺されたんですから、いろいろとしりたくて、当然だと思いますけど」

「わかりました。殺された関さんについて、何かわかったら、すぐ、あなたにおしらせしますよ」

十津川は、約束した。亀井刑事に、その旨を指示したが、捜査本部に戻ると、十津川は別の指示を、亀井に出した。

「彼女が、何者かから、警告の手紙を受け取った。彼女は旅と人生社では、新人だ。関修二郎が殺された事件では、彼のことを調べていけば、自然に動機がわかる気がする。が、今年入社した新人の藤原冬美が、警告を受けた理由はわからなかったが、彼女がやたらに事件について質問してくることで、少しだが、理由がわかったよ。彼女は、事件について、強い好奇心を持っている。その好奇心が警告を受けたんだよ。だから、関について何かわかり、それを藤原冬美に教える時、同時に彼女の周辺を調べてくれ」

と、十津川は、いった。

第三章　藤原冬美

1

北条早苗刑事を、安全のために、しばらく藤原冬美につけることにした。

旅と人生社と、成城《せいじょう》の彼女のマンションとの間の警護のあと、早苗は、成城近くのマンションの部屋を借りて、万一に備えることになった。

二人は、少し早苗が年長だが、独身同士で気が合うことがよかった。喧嘩していては、警護が難しい。

旅と人生社と自宅マンションの往復の警護に、早苗は、自分の軽自動車を使った。

冬美は、通勤に電車を利用しているのだが、コロナの感染の危険もあるので、軽自動車を使うことにしたのである。それに、守りやすい。

早苗は、ＰＣＲ検査を受けていて、陰性ということがはっきりしているのだが、冬美は、わからない。

だから、車内でもマスクをしている。

「殺された関さんのことなんだけど」

と、成城に向かって車を走らせながら、早苗が、きいた。

「一緒に仕事をしたのは、今回が、初めてなんですってね」

「ええ。私は今年入社した一年生で、関さんは逆に、一番の古手ですから」

「あなたが、関さんと組んだのは、偶然？」

「いいえ。田所編集長の命令です。うちは、私を含めて十人の記者がいて、田所編集長の指示で、二人ずつ組んで取材に出かけることになり、私と関さんが、今回組むことになったんです」

「あなたと関さんが、東武の特急『リバティ会津111号』で会津にいき、土湯温泉を取材することになったのは、田所編集長の指示？」

「次の号の取材先を決めるのは、いつも田所編集長だときいています」

と、冬美が、いった。

「ほかの四組は、どこの取材にいったんですか？」

「日本各地の観光地、今、流行《はや》りの人気の観光列車の組み合わせでした」

「今回の取材では、何日の予定だったんですか？」

「だいたい、四日間、三泊四日の取材でした。私たちも三泊四日で、帰りました」

「確か、五組あるチームで、あなたと関さんのチームの出発が、最後だったんでしょう？」

「ええ」

「一番最後というのは、何か理由があってですか？」

「わかりません。田所編集長が決めたことですから」

と、冬美がいって、俯いた。

「取材旅行については、すべて田所編集長が決めるんですか？」

早苗が、つづけた。

「うちは小さな出版社で、田所編集長は、社長でもあるんです。ですから、何事においてもワンマンでも仕方がないという記者もいます」

「関さんのことをききたいんだけど、どんな人です？」

「正直にいって、最初は、ちょっと怖かった。本当です」

と、冬美が笑う。早苗もつられて笑って、

「どうして？」

「あまり喋らないし、ほかの記者たちからは、変わり者だときかされてもいましたし、それに、あの年齢《とし》で、ひとりだときいていましたから」

「ずっと同じ感じでした？」

「新津から、SL『ばんえつ物語号』に乗って取材をしたんですが、この列車の4号車に郵便ポストがあるんです。本物のポストです。そのポストに、関さんが手紙を投函するのを見たんです。そしたら、私が手紙を投函するのを関さんに見られていて、その時、ちょっと、優しい会話がありました」

「関さんが、誰に手紙を出したのかわかりますか？」

「わかれた娘さんだと思います。ずっと会えていないみたいな感じで。それで、この人も、人並みの悩みを持っているんだなと、思ったんです」

「あなたは、誰に手紙を書いたの？　若いから、彼かな？」

早苗が、笑った。

冬美は、黙って笑い返したが、それだけだった。

2

早苗は、マンションの前で車を駐め、念のため、冬美の部屋まであがっていった。

早苗が先に部屋に入って部屋のなかを調べてから、冬美を入れた。

いかにも、社会人一年生といった感じの女性らしい部屋で、ベッドも椅子も、すべて、かなりの高級品だった。

（たぶん、そんな家の娘なのだ）

と、早苗は思いながら、スマホで、十津川に報告を入れることにした。

スマホをタップして、耳に当てる。

が、そのまま黙って、廊下に出た。

「気のせいかもしれませんが、何となく音がおかしいのです。もしかすると、盗聴されているかもしれませんので、すぐ、専門家をよこしてください」

とだけ、十津川にいったあと、スマホを切って部屋に戻った。

「何かあったんですか？」

と、冬美が、きく。

早苗は、テレビのスイッチを入れてから、手帳を出して、

〈外へ出てください。盗聴の恐れ〉

と、書いた。

廊下に出てから、

「念のためです」

と、冬美に、いった。

冬美は、半信半疑の顔だった。

科捜研から、プロの作業員がやってきた。手慣れた感じで調べていたが、すぐ盗聴器を見つけ出した。盗聴器と発信機のセットだった。

十津川が、心配して、やってきた。

「いつ頃、仕かけられたものか、わかりますか？」

と、十津川が、きいた。

「少し埃がついていますから、一週間ぐらい前でしょう」

「私が、今回の取材に出かけている留守の間だと思います」

と、冬美が、いった。

「そうかもしれないが、しかし、それだと少し時間が合わないな」

と、十津川が、首をかしげた。

冬美は、取材から帰ってきたあと、何者かから警告を受けていた。

そのあと、盗聴器と発信機が仕かけられたのならば、時間的にも納得できるのだが、しかし、その前だとすると、少しばかり考えさせられてしまう。

十津川が、考えているのは、東北新幹線「なすの270号」のグリーン車のトイレで発見された死体のことだった。殺された被害者の名前は、土屋健次郎、五十歳。財務省のキャリア官僚で、現在、内閣官房参与で、例のＧｏＴｏキャンペーン推進の中心的人物であること。

さらに重要なことは、現在のところ容疑者として、平川敏生、五十歳の名前が浮かんできているのだが、彼のアリバイを裏づけているのが、藤原冬美と関修二郎の証言だということだった。

冬美に対する警告は、この殺人事件に絡むものではないかと、十津川は、思っていたのである。

しかし、盗聴器と発信機の件は、時間的に考えると、この殺人事件とは、関係ないように思えてくる。

それが、十津川には、不思議だった。

「何月何日に、盗聴器と発信機を取りつけたのかわかりませんか？」

無理を承知で、十津川が、きくと、作業員は、あっさりと、

「わかりますよ」

と、いう。

今回の盗聴器と発信機は、この部屋に送られている電力を利用しているから、毎日の電気の使用量を調べれば、わかるはずだというのである。

その結果も、すぐ、十津川にしらされてきた。

関と冬美が、取材に出発した日の午後から急に、電気の使用量が増えているというのである。

つまり、犯人は、九月二十五日の午後、彼女の部屋に忍びこみ、盗聴器と発信機を取りつけたのである。

東武鉄道の特急「リバティ会津111号」の時刻表を見ると、冬美と関の二人が乗ったのは、九月二十五日の九時〇〇分、浅草発になっている。

容疑者、平川敏生が同じ列車に乗ってきたのは、浅草の次の停車駅のとうきょうスカイツリー駅で、九月二十五日の九時〇三分のことで、以後、会津若松まで

一緒だったことが、アリバイになっている。

しかし、土屋健次郎の死体が、発見されたのは、同日の東北新幹線上り「なすの270号」が、上野駅に着いた時である。

その時刻は、同日の午前一一時〇二分である。

さらにいえば、容疑者として、平川敏生の名前があがったのは、翌日なのだ。

十津川が、関に電話をかけて、確認したのは、翌二十六日である。

やはり、事件が明らかになる前の九月二十五日の午後、何者かが、藤原冬美の部屋に、盗聴器と発信機を仕かけたのだ。

（そう考えてくると、ひょっとすると、問題の殺人事件とは、まったく関係のない人間が、盗聴器と発信機を仕かけたことになるのだろうか？）

という考えになってくる。

十津川は、改めて、目の前にいる藤原冬美の顔を見た。

一見、普通の二十三歳の若い娘である。

独身で、現在、旅行雑誌を出している出版社の新人記者である。

部屋の調度品などを見ると、中流家庭の娘の感じである。

しかし、この数日間に味わった事態は、とても普通のＯＬの経験とはいえないだろう。

初めての仕事で、東武鉄道の特急「リバティ会津111号」やSL「ばんえつ物語号」などの取材で、一緒だった先輩が殺され、彼女自身も、何者かから脅迫を受けている。

ただ不可解なのは、盗聴器と発信機の仕かけが、その事件とは、関係なさそうに思えることなのだ。

この不可解な問題は、藤原冬美の個人的な問題なのだろうか？

3

十津川は、冬美の警護を、ベテランの亀井に交代させ、北条早苗と日下の二人に、冬美自身の身辺を調べさせることにした。

二人の刑事は、半日で調べてしまった。

「実際には、二時間ですみました」

と、北条刑事が、いった。何しろ、冬美はまだ、二十三歳である。

（藤原冬美）
平成十年九月二日生　二十三歳
身長百六十七センチ　体重六十二キロ
既往症　なし
S大卒
現在旅と人生社記者
現住所　東京都世田谷《せたがや》区成城×丁目
レジデンス成城六〇二号室

（家族）
父　藤原圭成《よしさだ》（五十二歳）
南東京観光株式会社　事業部長
母　藤原佐和《さわ》（四十九歳）　主婦
妹　藤原彩花《あやか》（十九歳）　Y大二年生

（男性関係）

S大の十年先輩と、在学中、恋人関係にあったと思われる男性の名前は大久保敬《おおくぼたかし》(三十三歳)

S大の法学部を卒業後出版社に勤務したが退社し、アメリカのハーバード大に留学。卒業後、ニューヨークで法律事務に携わる。現在、帰国していると思われるが、詳細は不明である

「両親及び妹の住所は、神奈川県横浜《よこはま》市で、冬美自身は、S大に入学すると同時に、成城でのマンション暮らしを始めています」

と、早苗は、報告した。

「冬美は、今回の取材中、SL『ばんえつ物語号』の車内から、手紙を出しているんだが、君の報告では、二通とも両親に出したとは思えないが」

と、十津川が、きく。

「たぶん、恋人の大久保敬宛てだったと思います」

「しかし、彼が日本に帰っているかどうか、確かではないんだろう?」

「そう思いますが、大久保の両親の住所はわかっていて、そこ宛てに出したのではないかと思います」

と、日下が、答える。

「その住所はわかっているのか？」

十津川が、つづける。

「もちろん、調べてあります。神奈川県北鎌倉《きたかまくら》のお屋敷通りです」

と、日下は、いった。

十津川はまず、早苗を連れて、北鎌倉にいくことにした。

その家は、北鎌倉駅から歩いて十五、六分の高台にある、かなりの豪邸だった。

「大学時代に、このあたりを歩いたことがあります」

と、早苗が、いう。

「それなら、大久保家や、大久保敬の噂などを近所できいてみてくれ。こちらは、私ひとりでいい」

と、十津川は、いった。

早苗を見送ると、十津川は門柱についたマイクに向かって、来意を告げた。少し待たされたのは、警察の人間といったので、相手が構えてしまったのだろう。

屋内に案内され、奥の和室で会ったのは、敬の父親の大久保敬太郎《けいたろう》だった。六十歳の還暦といったところだろうが、大柄で、血色がいい。

「今日、伺ったのは、以前、藤原冬美さんと、おつき合いがあった、ご子息の敬さんのことです」

「その女性とは、もう切れたときいていますが」

と、いう。

十津川がいうと、父親は、

「それは、敬さんご本人が、いわれたのですか？」

「そうです」

「敬さんは、すでに日本に帰国されていますか？」

「はい」

「それで今、何をされているんですか？」

「それは申しあげられない」

「どうしてですか？」

十津川がきくと、父親は、少し考えてから、

「息子は今、政府の大事な仕事をやっていますからね」

「なるほど。詳しく、具体的に、どんなお仕事をなされているのか、教えていた

だけませんか?」

十津川が迫ると、父親は、急に気色ばんで、

「大事な国の仕事を、いちいち警察に説明する必要があるんですか?」

と、十津川を、睨んだ。

どうやら、政府の仕事というのは、本当らしい。

「わかりました。申しわけありません」

と、十津川は、慌ててあやまった。

そのあと、十津川は、北鎌倉駅近くのカフェで、早苗と落ち合うことにしていた。

美味しいパンケーキで、週刊誌に載った店である。

しばらくして、早苗が、店に入ってきた。

「あの大久保というのは、このあたりの名士ですね。今の当主、大久保敬太郎は、市議会議長です。大久保家は代々、市会議員をしています」

早苗は、パンケーキを食べながら、報告した。

「問題は、息子の大久保敬のほうなんだが、父親によると、敬はすでに帰国していて、政府の仕事をしているというんだ。どんな仕事なのかはわからないが、政

府の仕事というのは、どうやら本当らしい。ただ、詳しい内容は、何も教えてくれない」

十津川が、いうと、早苗は、

「それで、わかりました。なんでも、総理大臣の秘書をやっているらしいという噂話をききました」

と、早苗が、いう。

「総理の秘書は二、三十人もいるから、そのなかのひとりでは、あまり目立たないな。第一秘書だとかがわかれば、少しは捜査が進むし、大久保敬の立場も、はっきりしてくるんだが」

「もしかすると、秘書じゃなかったかもしれません。総理の何とかなんですが、それが思い出せないんです」

「総理のブレーン、か？」

十津川がいうと、早苗は小さくうなずいて、

「そうです。総理のブレーンになっているみたいです。コロナ問題で、アメリカやヨーロッパの対応策に詳しい大久保敬を、総理の側近が、ブレーンに招いたようです」

「なるほどね」

「ただ、今の総理は秘密主義なので、ブレーンのことも、内密になっていると」

「誰の情報なんだ？」

「北鎌倉寺の管長が、話してくれました。管長は、今の総理とも親しい方で、コロナで緊急事態宣言を発出した頃、悩んだ総理が、当時、ブレーンになったばかりの大久保敬を、ひとりだけ連れて、管長の話をききに見えたそうです」

「何となく、見えてきたね」

といって、十津川は、コーヒーを口に運んだ。

「大久保敬という男のことがですか？」

「それもあるが、藤原冬美の部屋に、盗聴器と発信機が仕かけられた理由だよ。この犯人は、たぶん、まだ冬美と大久保敬との間に、繋がりがあると思っているんだ。だから、盗聴器と発信機を仕かけた。もちろん、藤原冬美の話をきくためではなく、総理のブレーンの大久保敬との会話をきくためだ」

「犯人は、どうして二人の間が、今も続いていると思ったんですか？　男のほうは、彼女より、仕事のほうに夢中なのに」

と、早苗が、首をかしげた。

「それは、冬美のほうに未練があって、時々、手紙を出していたからだろう。今日の仕事の途中でも、手紙を出していたようだからね」

「そうでした」

「君は、彼女に年齢が近いから、気持ちがわかるんじゃないか。大学時代から、十歳も年上の先輩を好きになるものかね?」

と、早苗に、きいてみた。

「私が大学時代につき合ってたのは、同じ学年の彼でした。どうしても同年の男性が頼りなく見えると、かなり年上の先輩が好きになるケースも多かったですよ」

「十歳も年上でもか?」

「その頃は、年齢の差は、あまり気にならないんです。それより、年上の先輩で社会人になって、バリバリ仕事をやってる彼に、あこがれることがあるんです」

「それが、今の藤原冬美か?」

「そうかもしれません」

「君のおかげで、勉強になったよ」

「本当ですか?」

「ああ、本当だ」

と、十津川が、うなずいた。

大久保敬の父親の話より、北条刑事がきいてきた話のほうが、ずっと的確に、事件の本質がわかったような気がしたのだ。

二〇二〇年初頭に、日本は、新型コロナウイルスに襲われ、今も、その渦中にある。

4

戦後七十五年。

新型コロナウイルスは、国民のほとんどが戦後生まれになった今の日本を襲った、未知の感染症だった。

中国で発生した新型のコロナウイルスは、正体がわからず、最初、単なる肺炎といわれたり、逆に、細菌戦ではないかという、デマも飛んだ。そのうちに、新型のウイルス説で落ちついたが、細菌とウイルスの違いがわからず、その解説が新聞に載ったりした。

政府は、医師を集めて対応策を協議したが、医師にも、完全な対応の方法がわからなかった。

何しろ、未知のウイルスなのである。

だから、第一波の時は、コロナウイルスに感染したかどうかの見分け方として、三十七・五度の発熱が四日続いた時や、咳が続いた時と、厚生労働大臣が発表した。しかし、大臣自身にも、それでコロナウイルスに感染したかどうかがわかるとは思えなかったのか、あとになって、これは単なる見分け方で、こうした症状があるからといって、感染と決まったわけではないと弁明して、国民の不興を買った。

そのあと、日本国内でコロナウイルスが荒れ狂い、総理大臣は、慌てて二〇二〇年四月に、全国に緊急事態宣言を発出した。

その結果として、旅行は自粛対象になり、さまざまな観光地や、観光に関係した業界が悲鳴をあげた。

四月一日に、旅と人生社に入った冬美も、雑誌の取材にいけなくなった。

それが、第二波である。

ところが、波が低くなると、政府は、突然、緊急事態宣言を解除すると同時に、観光旅行を奨励するＧｏＴｏトラベルを発表した。

それが、今現在の状況である。

政府が決めたＧｏＴｏトラベルだから、全国いっせいに旅行ブームになった。

現在、異様な旅行ブーム、ＧｏＴｏトラベルブームである。

とにかく、一泊二万円以上の豪華旅行が、半額以下で、泊まれるのである。

ただ、コロナウイルスが、消えたわけではなかった。

ヨーロッパやアメリカ、ブラジルなどの様子を見ていると、日本でも、コロナの炎が突然、噴きあがる恐れがあった。

政府も医師も、内心それを恐れながら、日本の経済再建のために、ＧｏＴｏトラベルの叫びをあげ続けている。

テレビには、ＧｏＴｏトラベルのおかげで、思い切り安く国内旅行ができたというタレントの笑顔が、やたらと出てきて賑やかである。

これからどうなるかについて、政治家の間でも、医師の間でも、意見がわかれている。

だから、憶測が、憶測を生んだ。

小さな食堂、飲み屋、カラオケ、映画館、銀座《ぎんざ》の高級クラブなどが、政府が何を考えているのかをしりたがった。

GoToトラベルの号令がかかっている間は、旅行に出かけるほうが、得である。

しかし、明日、GoToトラベルが突然中止になったら、それに支えられた経済は、どうなるのか。

GoToキャンペーンの推進者が、今の総理だから、よほどのことがない限り、中止にしないだろうという者もいる。

逆に、ヨーロッパやアメリカの激しいコロナ禍を見ると、今のうちにGoToトラベルを中止し、次の波に備えるべきだと考えている政治家も医師もいる。もちろん、国民も。

政治家や医師だけでなく、上級官僚の動きを心配する人もいる。

厚生労働省の上級官僚には、医師の資格を持っている者がいるから、コロナ禍時代の今、政治家に重用されている者もいるだろう。

そうした目で見ていると、ある政治家と、どの医師の資格を持つ官僚が親しくしているかも、想像がついてくるのだ。

考えてみれば、殺された土屋健次郎は財務省のキャリア官僚で、内閣官房参与になり、ＧｏＴｏキャンペーンの旗振り役だと、いわれている。

容疑者の平川敏生も首相のブレーンで、Ｋ大の経済学部の教授で「再生の神さま」といわれ、コロナ禍で、倒産していく中小企業の再建について、よくテレビに出演して、講演もしていた。

コロナで被害を受け、損害を受けている国民が多いなかで、この二人は珍しく、コロナ禍を楽しんでいるのだ。

5

ここまでくると、あとは、冬美の部屋に仕かけられていた、盗聴器と発信機の処理である。

盗聴器と発信機は、性能を調べたあと、一応、元に戻すことにした。

もちろん、冬美の同意が必要なのだが、十津川としては、仕かけた犯人を見つけ出したいのである。

そこで、冬美の同意を得て、罠をふたたび、仕かけることになった。

犯人が、冬美と大久保敬が今も親しくつき合っていると考え、二人の会話を、盗聴しようとしていることは、明らかだった。

二人の、というより、総理のブレーンになった大久保敬の人物、その考え、ブレーンとして総理に、どんな助言をしているのか、犯人は、しりたいに違いないのだ。

まして、コロナ禍の最中である。緊急事態宣言が解除され、現在ＧｏＴｏトラベルキャンペーンで、人間の利益、金の動きが激しくなった。

そうなると、政府の次の動きをしる必要が生まれてくる。

そのために、総理のブレーンの考えをしりたくなるのだろう。大人同士の会話より、彼女との会話に、本音がちらりと漏れると予想したのか。

どんな犯人か、顔を見てやりたいのだが、それには、冬美の協力が必要である。

冬美は、大久保敬が、自分にしらせずに帰国していたことには怒ったが、彼が総理のブレーンになっていることには笑顔だった。

彼女に芝居を頼むと、ちょっと考えてから、

「やります、面白いから」

と、いった。そのあと、

「でも、身の安全は保障してください」

と、つづけた。

「それは、警視庁が保障しますよ」

十津川は、うなずいた。

あとは、大久保敬と声が似ている警察官を見つけ、調子のいいシナリオを作ることだった。

6

○シナリオ
（午後十時三十分頃実施）
男「どうしてる？」
女「毎日、警察に同じことをきかれて、参っているわ」
男「君の先輩記者が殺された件か？」
女「関さんと、取材旅行でずっと一緒だったんだから、犯人を見たはずだというんです」
男「見たの？」
女「見たら、警察にとっくに話しています。そうでしょう？」
男「実際は見ているのに、見たことに気づかずにいるんじゃないの？」
女「刑事も社の同僚も、みんな同じ。何か見てるはずだといって、きかないんです。口惜しいし、何かで、見返してやりたいんです」
男「そんな君に、プレゼントができたよ」
女「どんなこと？」
男「現在、日本はＧｏＴｏトラベルの最中で、旅行も自由だが、このまま、日本全体が普通の生活に戻れると、楽観している人たちもいれば、逆に、次の波がきて、もっと厳しい行動制限が必要になってくると、恐怖を持っている人もいる」
女「だから、政府が、今後についてどう考えているか、しりたいんです。私の周囲《まわり》の人たち全員がしりたいのに、総理も関係大臣も、何もいわない」
男「だから、皆さん、政府が、このあとをどう考えているか、わかるというものを、君がほしいのならと思ってね」

女「そんなものがあるんですか？」

男「総理と関係大臣は、日本の未来像について、連日、話し合っている。私も、時々呼ばれて、サジェスチョンを求められているんだが、今回、それをまとめたものが、できたんだ。たぶん、一週間後に発表されると思うんだが、コピーがあって、それを君にあげてもいい。もちろん、それを発表されては、困るんだがね」

女「ぜひ見せてください」

男「相変わらず忙しいので、会って渡すわけにはいかないけど、十月八日に『帝国ホテル』で、アメリカの実業家に会うことになっている。その時、茶封筒に入れてフロントに預けておく。宛名は君の名前にして、この女性がきたら、渡すように頼んでおく。楽しみにして、目を通してみてくれ。私の案も入っているから」

女「ちょっとスリルがあるわ」

男「あとで、また電話するから、君の感想をききたい」

7

〈帝国ホテル〉のロビー。

さすがに、外国人の姿は少ないが、泊まり客と、その客を訪ねてきた人で、賑わっていた。

そのロビーの向かいのフロントに、若い女性が近づいていった。

「藤原冬美ですが、私宛てに預かっているものがあると思うんですけど」

と、フロント係のひとりに、いった。

フロント係は、にっこりして、

「お預かりしています」

と、いって、週刊誌大の茶封筒を取り出して、女の前に置いた。

〈藤原冬美様〉

と、宛名が、書いてある。

「こちらで、間違いありませんか？」

「はい。間違いありません」

「では、この受け取りのところに、サインをお願いします」

フロント係は、ノートを差し出した。女は、そこに〈藤原冬美〉と、サインしてから、茶封筒を受け取った。

それから、小さく指で、誰かに合図を送ってから、ラウンジに入っていった。

奥に、二人の男が向かい合って、コーヒーを飲んでいた。女は、そのテーブルに腰をおろしてから、

「手に入れたわ」

と、小声で、二人にいった。

「これを使って、細工ができるな」

男のひとりが、いう。

茶封筒の中身を取り出す。

ねずみ色の表紙のノート。

右肩のところに〈部外秘〉の文字。

三人は、肩を寄せ合って、ページを開いた。

一ページ目は白紙。

次のページも白紙。

8

「何だ、これは？」

三ページ目、四ページ目も、白紙。

その時、三人の顔に、恐怖が走った。

立ちあがって逃げようとすると、強い力で、肩を押さえつけられた。

いつの間にか三人は、十津川と九人の刑事に囲まれていたのだ。

三人は、近くの警察署に、連行された。

「まず、どこの誰か、きかせてもらおうか」

と、十津川が、声をかけた。

男二人は三十代で、女は二十代か。

男のひとりが、上衣のポケットから名刺を取り出して、十津川に渡した。

東京私立探偵社　庄司《しょうじ》　誠《まこと》

「そっちの二人も、同じ探偵社の人間なのか？」
十津川がきくと、二人も、それぞれ名刺を差し出した。
東京私立探偵社　佐藤《さとう》　忠男《ただお》
東京私立探偵社　落合《おちあい》　愛《あい》

「それで、今回の仕事は、誰に頼まれたんだ？」

と、十津川が、きいた。

「勘弁して下さい。依頼者の名前を明かしたら、信用を失って、仕事ができなくなってしまいます」

と、庄司が、いった。

「職業倫理かな」

「日本の私立探偵は、免許制じゃなく、誰でもできます。その代わり、依頼主の信用だけが頼りです。もし、その名前を簡単に明かしたとなれば、依頼してくれる方は、ひとりもいなくなります」

庄司が、真剣な目つきで、十津川に懇願した。

「わかった」

と、十津川は、あっさりいった。

どんな依頼主なのか、だいたいの想像がつくからだった。

十津川が、つづける。

「別の質問をする。君たちの今回の仕事は、殺人事件と関係しているのか？」

すぐに返事はなく、間を置いて、

「それも勘弁してくれませんか」

と、今度は、もうひとりの男、佐藤忠男が、頭をさげる。

十津川は、それにも、あっさりとうなずいて、

「ああ、いいよ。たいした問題じゃない」

と、いった。

男と、落合愛が、拍子抜けした顔をしている。十津川は内心、苦笑した。

この連中はたぶん、警察に捕まったのは、今回が初めてだろう。だから、ひたすら、依頼主のことや、調査内容の秘密を守ろうとして、ミスをしていた。そのことに、気がついていない。

十津川は、今回の仕事は、殺人事件に絡んだものだったのかと、きいた。

その返事に間を置いたのでは、イエスといっているのと同じなのだ。

「今回の件は、君たちの仕事でもあるから、不問に付そう。帰っていいよ」

十津川は、貸しを作っておくことにした。

三人は一様に驚いたが、女が、

「本当に、いいんですか？」

と、きいた。

「いいよ。君たちの仕事なんだから」

「じゃあ、盗聴器と発信機も返してもらえませんか？」

と、女が、いった。

「そりゃあ駄目だ。盗聴器と発信機と引き換えに釈放するんだ。手ぶらで帰すわけにもいかんだろう。それとも、しばらく泊まっていくか」

十津川が脅かすと、三人は、慌てて帰っていった。

9

十津川は、捜査一課の刑事から東京で私立探偵になった、橋本豊《はしもとゆたか》に、電話をかけた。

「今夜、食事につき合わないか。奢るよ」

「いいですよ」

と、いつものように、橋本は、あっさり応じてくる。

独身の気楽さもあるだろうが、十津川から電話がある時は、たいてい仕事絡みとわかっているからである。橋本は、今は私立探偵という仕事に徹しているが、十津川からの仕事を頼まれると、昔の刑事に戻れるのが嬉しいのかもしれない。

新宿で夕食をとりながら、十津川は、

「東京私立探偵社というのをしってるか」

と、きいた。

「開業して十五、六年の中堅の探偵社です」

橋本は、すぐに答えた。

「場所は？　社長は？」

「新橋《しんばし》にあります。社長は、加藤周作《かとうしゅうさく》で、六十歳ちょうどくらいです。元千葉県警の刑事です。捜査一課長で退職しています」

「探偵社の評判は？」

「よくも悪くもありません。ただ、社員が少ない時は、もっぱら結婚調査とか、浮気調査とかやってましたが、社員が増えるにしたがって、個人調査はやめて、企業の信用調査とか、資産調べとか、社長の身辺調査とかに、重点を置くようになりました。そのほうが、金になるからでしょう」

「最近、問題を起こしたことは？」

と、十津川が、きくと、

「ベテランの探偵が、詐欺容疑で逮捕されました」

橋本が、小さな声で、いった。

「捜査二課の仕事だから、覚えていないな」

と、十津川はいってから、

「どんな事件だったんだ？」

「コロナ禍がくる前の話ですが、ある投資家が、A社という中小企業の株を買おうと思ったが、自信がなかったので、東京私立探偵社に信用調査を依頼した。その調査に当たったのが、ベテランの探偵員だったんですが、この探偵が、A社の社長と組んで、その投資家を騙したんです。実は潰れかけているのに、ベンチャー企業として成功しているように見せかけて、投資家に投資をさせた。結局、投資家は、A社を十二億円で買い取ったが、実際には、一億円の値打ちもなかったというわけで、東京私立探偵社の中塚《なかつか》というそのベテラン探偵は、逮捕されました。初犯で、経済犯ということで、まもなく府中《ふちゅう》刑務所から出てくるんじゃないかと思います」

と、橋本は、いった。

「所属する探偵のなかには、危なっかしい者もいるということだね」

「探偵という仕事自体、個人や団体の秘密を調べる仕事ですから、入手した秘密を依頼主に報告する代わりに、相手を脅す手段に使えば、何倍もの金が手に入ります。この誘惑に克つのは大変です。これは、自戒でもありますが」

「そうだろうな」

十津川は、うなずいた。

「最近、東北新幹線のなかで事件が起きていますが、今日の話は、それに関係があるんですか？」

と、橋本が、食事の手を止めて、きいた。

「もう一件、東京都内で殺人事件が起きている」

「警部は、この二つが繫がっていると考えるわけですね？」

「そうだ」

「東京私立探偵社は、どう繋がっているんですか？」

「東京で殺された被害者の同僚が、なぜか東京私立探偵社に、盗聴されていたんだ」

「探偵社は、どういってるんですか？」

「仕事上の秘密は明かせないと、主張した」

「そうでしょうね。私でも同じ主張をします」

「だが、盗聴していたことは、事実なんだ」

「殺された被害者について、誰が、何のために殺したかしろうとしての盗聴ですか？」

「それが、どうも違うらしいので、弱っている。それで、君に相談しようと思ってね」

「わかりました。東京私立探偵社が、最近、どこの誰に頼まれて仕事していたのか、調べてみます」

「ああ、頼む」

頼みごとがすむと、十津川は、食後のコーヒーを注文した。

10

今年の夏は、奇妙だった。

本州に上陸した台風が少ないのに、各地で水害が発生した。ゲリラ豪雨のためである。

警視庁捜査一課は、豪雨ではなく、コロナに振り回された。十津川は時々、コロナのことを考える。

日本、いや世界中が、一月に中国の武漢で発生した新型のコロナウイルスを、どう扱っていいかわからずに右往左往した。

一月十五日。中国から帰国した神奈川県の三十代の男性の感染を確認、これが日本での始まりだった。

二月三日。クルーズ船「ダイヤモンド・プリンセス号」が横浜に入港。船内で集団発症。船内の検疫が始まる。

三月二十四日。安倍《あべ》首相とＩＯＣのバッハ会長が東京オリンピック・パラリンピックの延期を決定。

三月二十五日。東京都の小池《こいけ》知事が、夜間や週末の不要不急の外出の自粛を要請。

三月二十九日。タレントの志村《しむら》けんさんが、コロナによる肺炎で死亡。

四月一日。安倍首相が、布マスクを国内全世帯に、ひとり二枚ずつ配る方針を表明。

四月七日。政府が、東京、大阪など七都道府県に緊急事態宣言を発出し、十六日には、全国に拡大。

四月十六日。全国民に一律十万円を給付する考えを、安倍首相が表明。

五月二十日。全国高校野球選手権の中止発表。中止は戦後初めて。

五月二十五日。緊急事態宣言がすべての都道府県で解除された。

六月十九日。プロ野球開幕。無観客試合。

七月二十日。新型コロナウイルスによる国内の死者が千人を超えた（『ダイヤモンド・プリンセス号』を含める）。

七月二十二日。政府の観光支援策ＧｏＴｏトラベルが始まる。

そして、今、ＧｏＴｏトラベル真っ盛りである。

若い刑事のなかには、休暇を取り、ＧｏＴｏトラベルを利用して、彼女と沖縄《おきなわ》へいってくると、はしゃいでいる者もいた。

テレビで、箱根《はこね》や京都の有名ホテルや旅館が、ＧｏＴｏトラベルを利用すれば、いくら安く泊まれるかを、しきりに宣伝している。

ＧｏＴｏトラベルは、最初は八月開始の予定だったが、七月の四連休（七月二十三日から二十六日）に間に合わせるために、七月二十二日に前倒しされた。そのため、一部のシステムが調わないままにスタートしたといわれた。東京発着の旅行は除外だが、旅行を奨励されていることは、同じである。

とにかく、ＧｏＴｏトラベルの威力で、国内の旅行客数は急回復した。このことは、十津川も実感していた。

政府が緊急事態宣言を発出したり、それを取りやめて、ＧｏＴｏトラベルを打ち出したりと、荒っぽい八カ月間だった。

政治家や一般市民は当たり前だが、感染症の専門医でも、コロナウイルスの対応策がわからなかったからだろう。

最初は軽く見ていたが、東京の感染者が千人を超すと、政府は慌てて、人と人との接触を減らすことを考えた。

「最低七割。極力八割の削減」を決めた。それなら七割でもいいのか。それなのに、八割というのは、どっちでもいいのかという文句が出たりした。

テレビには連日、渋谷《しぶや》駅周辺や浅草、新宿などの盛り場の映像が流れ「街が死んだみたいだ」という声が流れた。

政府は、対策に走った。

四月一日に、安倍首相が、布マスクを全世帯に配ると表明したり、四月七日には、政府が東京、大阪など七都道府県に緊急事態宣言を発出し、十六日には、全国に拡大した。

これでは人々が動けず、働けなくなると文句が出ると、今度は、四月十六日に、全国民に一律十万円を給付すると発表した。

十津川も、妻と合わせて二十万円を、一カ月後にもらったが、感染者の数は増え続け、五月二十日には、伝統のある全国高校野球選手権大会の中止が発表になった。

四〜六月の国内総生産（ＧＤＰ）は、前期比二十九・二パーセント減となり、戦後最悪となった。

その一方「街が死んでしまった」おかげで、人と人の接触は急速に減り、感染者は減っていったのだった。

それを受けて、五月二十五日に、政府は発出していた緊急事態宣言を、すべての都道府県で解除した。

それだけではない。政府は、七月二十二日に、観光支援策ＧｏＴｏトラベルを開始した。

政府がＧｏＴｏトラベルに用意した旅行への補助金総額は、約四千億円ともいわれる。

大金が動くところに利権が発生して、それに群がる人間が集まってくる。

十津川は、殺された財務省のキャリア官僚、土屋健次郎が、ＧｏＴｏキャンペーンに関係していたことを思い出していた。

総理のブレーンになっている大久保敬も、同じだろう。

さらにいえば、大久保敬と藤原冬美の電話を盗聴することを、東京私立探偵社に頼んだ依頼主も、これに絡んでいる人間だろう。

新宿で会ってから五日後に、橋本から連絡があった。

橋本とは、西新宿にある超高層ホテルのロビーで会った。

「最近、東京私立探偵社が、表向き、業務停止しているので、探るのが大変でした」

と、橋本が、いった。

「それは、明らかに現在、引き受けている仕事の内容と、依頼人をしられたくないからだろう」

「そのようです。その上、ベテラン探偵は自宅に帰るのではなく、探偵社が借りたホテルの部屋に住みこみのような形にして、仕事をやらせています」

「それなら、最近問題になっている事件が関係しているんだ」

「私も、そう考え、今、何が一番問題になっているのか、その線から追ってみました」

「現在、最大の問題はコロナだが、コロナ絡みの事件、問題となれば、やたらに広範囲になるな」

「そうです。それで、最近浮かびあがってきた企業や個人に絞って、東京私立探偵社を調べたところ、一つのグループが浮かんできました」

橋本は、一枚の名刺を、十津川に渡した。

木崎ビジネス

社長　木崎邦子《きざきくにこ》

「しらない名前だな」

十津川は、少し、拍子抜けした感じがした。

「平川敏生の奥さんです」

と、橋本が、いう。

「姓が違うな」

「彼女は、結婚する前から、さまざまな事業をやっていました。結婚後は、ただ一つの会社の社長としてだけ、旧姓を使っているのです。夫の平川は、自分の名前を隠したい時にだけ、妻の旧姓を使っています」

「それで、平川敏生が、妻の名前で、東京私立探偵社に依頼してきたということか？」

「そのようです。なお、邦子は、総理夫人の女子大の後輩で、ふたりは親しい間柄ともいわれています」

「平川敏生は、コロナ問題を契機に、今の総理、政府に以前より強く取り入ろうとしているのか。今の取り巻きより、自分のほうが、はるかに能力ありと思っているのだろう」

「ただ、今の総理の周辺には、総理が官房長官だった時代から親しい政治家もいれば、大久保敬のような者もいますから、売りこみも大変だと思います。それで、総理の周辺を調べるために、私立探偵を雇ったのかもしれません。コロナの発生以来、現総理の人気は急落していますからね。今が、チャンスと思っているのかもしれません」

「平川敏生には、殺人事件のことで、会って話をきいたことがある」

と、十津川は、いった。

「どんな感じの男ですか？」

「すべてに自信を持っている感じだった。その自信が、どこから出てくるのかわからないのだが」

「それでは、警部に会わせたい男がいます」

と、橋本が、いった。

「平川のことをよくしっている男か？」

「以前、平川の下で働いていた男です。ただ、名前はきかないでほしいといっています」

「それは了解する」

「明日、私がRホテルに連れていきます。ロビーで午後一時に」

と、橋本が、いった。

しかし、翌日、十津川がRホテルのロビーで待っていると、やってきたのは、橋本ひとりだった。

「申しわけありません。今朝起きたら、この手紙が投げこまれていました。差出人の名前はありませんが、今日、警部に紹介したかった人間であることは、間違いありません。とにかく、読んでください」

と、橋本は、いった。

十津川は、うなずいて、渡された手紙に目を通した。


〈いけなくなった。申しわけない。

私も、急に、一つのグループに組みこまれてしまった。こうなると、一つの主義やコロナ対応についての考えを、口にすることが危険になる。

そのため、私自身や、私がのみこまれたグループのことも、話せなくなってしまったが、それでは君に申しわけないので、私から見た日本の奇妙な状況について、書いておく。

すべてがコロナだった。そして、現総理のコロナ対応が、社会を危険にさらしてしまった。しかし、総理の決断力のなさとか、独断が問題だとは思わない。

ただ、今の総理は、派閥を持たず、信頼できる秘書官もいないことから、自分を囲む人間や組織の意見に影響を受けやすい。とにかく、分科会、厚生労働省、知事たち、そして、世論、その上、信頼のおける相談者がいないので、その椅子を手に入れようとする人間たち、例えば、総理のブレーンの大久保敬、平川敏生、殺された財務省キャリア官僚の土屋健次郎と多い。多くの人々の意見をきくのは、総理として必要なことだが、総理の欠点は、自分に都合のいい声をききがちなことだ。GoToキャンペーンに執着するのも、誰かの進言だが、反対も多い。総理には、両方の意見に耳を傾ける余裕はなさそうだ。

現在、一日の感染者数は、二百人台で安定しているので、GoToトラベルは、実行できているが、医師のなかには、二百人では危ないという人もいるが、総理は、自分に都合のいい意見しかきき入れないから、分科会でも、医師は、口にしない。

とにかく、現在、総理に取り入ろうとして、近づく個人、グループがひしめいていて、殺人事件まで起こしている。今のままでは、コロナのなかで、人間同士の欲望のため、事件が起きそうな気がして仕方がない〉

読み終わった十津川に向かって、橋本が、いった。

「彼の名前を明らかにしておきます。名前は、中条《なかじょう》明《あきら》。四十二歳。覚えておいて下さい」

第四章　アリバイトリックに挑む

1

政府主導のＧｏＴｏトラベルは、もともとゴールデンウィークを目当てに計画されたものだが、間に合わず、七月二十二日に開始になった。

そのあとは、ＧｏＴｏトラベル騒ぎというか、ＧｏＴｏトラベル祭りになった。

〈一泊八万円の箱根の高級旅館が、ＧｏＴｏトラベルを利用すると、一泊二万円で泊まれる〉

〈沖縄への五泊六日の旅行にも、ＧｏＴｏトラベルを利用することができるとい

うので、予約が殺到している〉

と、いったテレビでの広告や、週刊誌の旅行特集があふれるようになった。
四月から五月にかけての緊急事態宣言で、旅行の自由を奪われた人々、特に大東京の都民たちは、旅行に飢えていたのである。
旅と人生社でも、このブームを見こんで、田所編集長は、次号のタイトルを、
「ＧｏＴｏトラベル狂騒曲」と決めて、二人一組で、
北海道
東日本
西日本
四国・九州
の様子を取材してくるように指示した。
そのなかで、藤原冬美は、相棒の関修二郎が亡くなってしまったので、
「君は新人で疲れたろうから、休みを取っていいぞ」
と、四日間の休暇を与えられた。
そのあと、田所は気になってか、

「四日間の休みを、どうやって使うつもりだ？」

と、きいた。

「それは、これから考えます」

と、冬美は、いった。

冬美が今、気になっているのは、恋人の大久保敬のことと、亡くなった関修二郎のことである。

大久保敬は、すでに日本に帰国していて、今は、総理のブレーンになっているらしいが、向こうにその気がなければ、会っても仕方がない。

それ以上に気になるのは、初めての取材旅行で、一緒に仕事をした関修二郎のことだった。

こんなに気になるとは、思ってもいなかった。

入社早々は、むしろ敬遠していた先輩である。無愛想だし、どうにも近づきにくかった。

初めての取材旅行で、その関修二郎と組むことになった時、冬美は、辞退しようかと思ったくらいである。

それが、好意に変わったのは、ＳＬ「ばんえつ物語号」で、関が4号車で、もっともらしい顔で、誰かに手紙を書いているのを見た時だろう。

いつもは面白くなさそうにしている男が、誰に出すのか、しかめっ面で、苦労して手紙を書いている姿に、人間的なものを感じたのだ。

その上、他人《ひと》の目を気にしながら、列車のなかの郵便ポストに投函している。

その時、冬美も、音沙汰のない恋人に手紙を出そうとしていたので、なおさら、関の様子に、人間的な親しさを覚えたのかもしれない。

そのあとの、関の突然の死亡。あれが決定的だった。

関という男のことを、もっとしりたくなった。

同時に、なぜ、関が殺されたのかもしりたくなったのである。

四日間の休暇届には、理由を〈有給休暇〉としか書かなかった。

自宅マンションに帰ってから、急に、休暇をどうすごすかが頭に浮かんだ。

関とすごした取材場所を、なぞってみたくなったのである。

理由は、漠然としたもので、ただ、取材旅行ルートをなぞりたかったのだ。

二週間後の十月九日。

午前九時〇〇分、あの時と同じ浅草発の特急「リバティ会津111号」に、冬美は、乗っていた。

会津行三両、日光行三両が連結した六両連結の東武鉄道五〇〇系の列車である。

あの時と同じ2号車だった。

三分後の九時〇三分、次の停車駅のとうきょうスカイツリー駅着。

ここで、平川敏生と、秘書の小田切一夫が乗ってきたのだ。

3号車の座席であるのに、平川は2号車に乗ってくると座席の関を見つけて、声をかけてきたのだ。

「関君。私を覚えているかね？」

確か、にっこりと笑って、そう関に声をかけたのだ。

関のほうは、戸惑った顔だったが、

「平川先生！」

と、応じた。

それで、冬美は、この男が、テレビで見たことのある平川だと、わかったのである。

マスクに特徴があった。金色のマスクだったから、冬美の頭のなかで、テレビで見たことがあると気がついたのだ。

そのあと平川は、その金色のマスクをつけたままで、空いている近くの座席に腰をおろして、三年前に、関が取材した時のことを話し始めた。

この時、冬美も関に、うちの新人だと平川に紹介されている。

そのあと、

「会津若松にいくのか。私も、会津若松で講演の仕事があってね」

と、平川がいっていたのを覚えている。

ただ、冬美が自分で平川に自己紹介をしたのか、それとも、関が話したのかは、覚えていなかった。

関と平川の間で酒の話が進み、平川が、売店で買ったというワンカップの日本酒を取り出して、二人で飲んでいるのは、冬美も覚えている。

そのあと、覚えているのは、平川の秘書が、2号車にやってきて、平川に、私たちの座席は隣の3号車ですよといって、連れていったことである。

その直後に、列車は、栃木駅に着いている。一分後に発車をしたのだ。

冬美は、バッグから、東武鉄道の時刻表の切り抜きを取り出した。

栃木着　一〇時一〇分
栃木発　一〇時一一分

と、なっている。

その時、冬美は急に、栃木駅で降りたくなった。

2

特別な理由はなかった。

とにかく、この栃木駅で、降りてみたかったのだ。

昭和初期にできた、高架の駅である。

東武鉄道と、両毛線《りょうもう》の二つの鉄道の駅である。

栃木市の出入り口は、南口にあり、両毛線は、北口にある。

冬美が初めて降りる駅であり、栃木市の中心的な駅である。

名前のとおり、明治四年（一八七一）に県庁所在地になったが、十三年後（一八八四）に宇都宮《うつのみや》市に移された。

中世は、皆川《みながわ》氏の城下町、その後、日光例幣使《れいへいし》街道の宿場町、巴波川《うずまがわ》を使った河岸《かし》港でもあるので、レトロ調の街である。

街なかを流れる川には、遊覧船が運航されていた。

江戸時代は、舟で、木材を江戸に運んでいたという。

冬美は、しばらく橋の上から川面を眺めていた。

綺麗な川で、カモがいるし、鯉の群れも見える。

しばらく川面を眺めてから、冬美は、遊覧船に乗ってみた。十五、六人乗りの平底船である。股引き姿の船頭が舟を漕ぎながら、街の話をしてくれる。

「この街に、どこか名所みたいなところがありますか?」

舟のなかで、船頭にきくと、

「太平山《おおひらさん》の太平山神社があるよ」

と、教えてくれた。

「お腹がすいているんだけど」

と、いうと、太平山神社の茶店で、名物のおだんごを売っているという。

どんなおだんごなのかはわからないが、ちょうど、お腹もすいていたので、タクシーを呼んでもらい、太平山に向かった。

教えられた太平山神社に参拝し、茶店に寄ってみた。

船頭は、おだんごとだけいっていたが、おだんご状のものが三種類あった。

普通のおだんごと焼鳥、玉子焼の三種のもので、揃って千円か千五百円だった。

かなりの量なので、若い冬美にも、充分だった。

そのあと、謙信平《けんしんだいら》に展望台があるというので、いってみることにした。

そこに立って、前に広がる関東平野に目をやった時、一瞬、冬美は目を疑った。

東京スカイツリーが見えたからだった。

(ここは栃木県の栃木市)

という先入観があった。

それに、浅草を出発し、三分後にとうきょうスカイツリー駅に停まり、そのあと一時間以上、特急列車にゆられて着いたのが、栃木駅だったのだ。

それなのに、なぜ、東京スカイツリーが聳え立っているのか。

不思議で仕方がなかったが、冬美は、頭のなかで、地図を圧縮していった。

浅草から特急列車で一時間といっても、真っすぐ走ってきたわけではないだろう。とすれば、直線距離は、もっと短いのではないのだろうか。

落ち着くと、冬美の頭のなかが整理されていった。

東武鉄道の栃木駅周辺の地図を思い出し、栃木駅を中心にして、描き直してみる。栃木県を通るのは、東武鉄道だけではなく、両毛線も通っている。

冬美が一番注目したのは、ほぼ並行する形で、南北に東北新幹線が走っていることだった。

そして、栃木駅の近くに、東北新幹線の小山《おやま》駅があることだった。

さらに、この二つの駅の間は、両毛線が繋いでいるのだ。

この時、冬美の頭のなかに浮かんでいたのは、東北新幹線が上野に着いた時、車内のトイレから、男の死体が見つかった事件のことだった。

小型の時刻表を取り出して、その時間を調べてみた。

栃木——小山　10分
小山—17分—大宮—20分—上野—6分—東京（計43分）

乗り換えの時間を無理すれば、東武鉄道を栃木駅で降りて、小山駅まで十分、上野駅まで四十七分、東京駅でも五十三分でいけるのだ。

そして、冬美の推理は、さらに前進していく。

(九月二十五日、平川敏生は、特急「リバティ会津111号」のなかで、あの時、2号車から3号車に戻ったのではなく、一〇時一〇分、栃木駅で降りたのではないのか。

車内には、身代わりの男がいたのではないのか。

平川は、中肉中背の五十歳。よくある背格好、年齢である、そんな平川が人の記憶に残っているのは、金色のマスクである。したがって、平川の身代わりの男は、金色のマスク一つによって、容易に化けられたのではないのか。

3号車に戻ると見せかけて、本物の平川敏生は栃木駅で降りて、東北新幹線の小山駅に向かう。

距離は十・八キロ。車で十二、三分である。

小山駅で、上りの新幹線に乗ってきた土屋健二郎に車内で会う。

上野駅までの間にトイレのなかで土屋を殺し、平川は大宮駅で降り、下りの東北新幹線に乗る。

そのあと、会津若松に十三時三十三分に間に合えばいいのだ。

この時刻は、冬美と関が、スケジュールどおりに会津若松に着く時刻である。

この時刻までに平川敏生が会津若松に戻れば、アリバイは完成する）
この計算が成立すれば、亡くなった関が喜ぶような気がしていた。
冬美は、実験してみることにした。

3

冬美は、栃木駅に戻り、駅前でタクシーを拾って、新幹線の小山駅に向かった。

十二分で、ゆっくり着いた。

九月二十五日に、土屋健二郎は、上野一一時〇二分着の東北新幹線上り「なすの270号」9号車グリーン車のトイレで発見されている。

この列車の小山発は、一〇時二五分である。

東武の特急「リバティ会津111号」の栃木着は一〇時一〇分。タクシーで小山に向かえば、十二分で着くから、この列車に間に合う。

この東北新幹線「なすの270号」に乗り、トイレのなかで土屋を殺し、次の大宮で降りる。一〇時四二分。

ここからアリバイを証明してくれる関と、冬美を追いかけて、間に合うのか。

地図を見ていて、冬美が気がついたことがあった。

どうしても、自分の乗った列車を中心に見てしまう。東京の浅草から北へ向かい、終点は、会津田島、会津若松の一歩手前である。

しかし、地図を見ると、この東武線にほぼ並行して、東北新幹線が延びている。

東京——上野——大宮——小山——宇都宮をへて福島県である。

上野は浅草に近いから、東北新幹線を、上野から乗ったと考えれば、ほぼ同じところから出発し、同じ方向に進んでいるのである。

ただ、スピードが違う。

東武鉄道の特急「リバティ会津111号」のスピードを百キロから百五十キロと考えると、東北新幹線のほうは、二百キロから二百五十キロは出ている。

その差をうまく利用すれば、殺人のアリバイが作れるのではないか。

東武の栃木駅は、東北新幹線の小山駅とは、ほぼ同じ位置にある。

九月二十五日。

平川敏生は、東武の特急「リバティ会津111号」を栃木駅で降りて、東北新幹線上りの車内（トイレ）で、土屋健次郎を殺した。

そのあと、たぶん、東北新幹線で追いかけ、会津若松で二人に追いつき、アリバイを作った。

そのアリバイ作りに、関と冬美が利用されたのではないかと、冬美は、考え始めた。

関が突然、何者かに殺された。

警視庁捜査一課の十津川班が捜査をしているが、いまだに犯人と断定する、容疑者が浮かんできていないし、殺人の動機もわからない。

ただ、十津川から、関と冬美が、平川のアリバイ証人になっていることは、教えられていた。

このことが、関が殺された理由だとすれば、一緒にいた冬美も危ないことになってくる。

（もし、この想像が当たっているとしたら、一刻も早く、平川が使ったアリバイトリックを解かなければならない）

冬美は、そこまで想像した。

四日間の休みをもらった冬美は、その間に、平川敏生が、土屋健次郎殺しに使ったかもしれない、アリバイトリックを解くことに専念した。

それは、東武特急「リバティ会津111号」を、栃木駅で降りることから始まった。

栃木県なのに、東京スカイツリーが意外に近くに見えたことから、平川敏生が、栃木駅で降り、東北新幹線を使えば、その車内で土屋健次郎を殺しても、会津若松で冬美たちに出会えるのではないかと、考えた。

もし、このアリバイトリックが可能なら、平川敏生が、土屋健次郎を殺すことは可能だったことになる。

冬美は、殺された土屋健次郎とは一面識もない。

財務省のキャリア官僚で、内閣官房参与の土屋が、ＧｏＴｏキャンペーンの旗振り役として活躍していることは、新聞やテレビでしっていたが、それ以上のことで、考えたことはない。

冬美が考えたのは、やはり関のことである。

関は、警察に、平川敏生のアリバイを証言した。

もし、平川が犯人で、アリバイが作られたものだとすれば、平川は、関がそれに気がつくことを心配しただろう。

そうならば、関がアリバイトリックに気づく前に、その口を封じてしまうことを考えたとしても、不思議ではない。

平川が、トリックによって、アリバイ作りをしていることがわかれば、関が殺された理由を明らかにできるかもしれないと、冬美は、考え始めていた。

4

休暇二日目も、冬美は、朝から現地にいた。

東武鉄道の特急「リバティ会津111号」を、一〇時一〇分に栃木駅で降りて、東北新幹線の小山駅に向かう。

栃木駅には、タクシーが何台か待っていたから、すぐに乗れることを確認する。

つまり、一〇時二〇分頃には、小山駅に着けるのだ。

一方、土屋健次郎は、十津川警部が教えてくれたところでは、東北新幹線上りの「なすの270号」9号車のグリーン車のトイレのなかで殺され、上野駅で、死体で発見された。

この上り「なすの270号」の時刻表は、次のとおりだった。

十両編成。

9号車がグリーン車で、そのトイレから死体で発見された。


上り「なすの270号」那須塩原　九時五三分――宇都宮　一〇時一一分――小山　一〇時二五分――大宮　一〇時四二分――上野　一一時〇二分――東京　一一時〇八分

小山発、一〇時二五分の列車だから、平川は、ゆっくり乗ることができたことになる。

殺された土屋のほうは、この上り「なすの270号」に、どこから乗ったのかはわからない。

小山駅で平川を待っていて、一緒に「なすの270号」に乗ったのかもしれない。

平川が、犯人だとすれば、上りの「なすの270号」9号車のグリーン車のトイレのなかで、土屋を殺したのだ。

このトイレには「故障」の札がかかっていたという報道もあった。

平川は、いったいどこで、土屋を殺したのか。

もし、大宮の手前なら、大宮で降りることができるし、上野の手前なら、上野で降りることができた。

しかし、終点の東京まで、上りの東北新幹線「なすの270号」に乗っていたとは考えられない。

大宮か上野で降りた平川は、それから下りの東北新幹線に乗り、関や冬美を追いかけただろう。

会津若松で、一緒にならなければならないからだ。

冬美も、同じ行動を取ってみることにした。

九月二十五日、平川は、上りの「なすの270号」の大宮の手前で土屋を殺し、大宮で降りたと考えることにした。

大宮　一〇時四二分。

である。

このあと、乗車できる下りの東北新幹線は、限られている。

ところが、大宮駅で調べていて、冬美は、肝心なことを忘れていることに気がついた。

東北新幹線は、会津若松を通らないのだ。

東北新幹線だから会津若松は通るだろうと、思いこんでいたのである。

それなら、東武の特急「リバティ会津111号」と新幹線のスピードの差が生きると、考えたのだ。

九月二十五日のあの日。

冬美たちの乗った東武の特急「リバティ会津111号」から会津田島で会津鉄道に乗り換えて、一三時三三分に、会津若松に着いている。

もし、東北新幹線が会津若松を通るか、近くに駅があれば、簡単に間に合ってしまうはずだが、どちらも違っていた。不覚だった。

冬美は、時刻表に載っている「さくいん地図」を調べてみた。

東北新幹線で、会津若松に一番近い駅は、郡山《こおりやま》である。

問題は、二つの駅の距離である。

郡山と会津若松の間には、磐越西線が走っていて、その間には、十四もの駅があるのだ。

それでも冬美は、一番早い下りの東北新幹線に乗ることにした。

大宮発一一時〇二分の「やまびこ57号」である。

これに乗れば、一一時五七分に郡山に着く。

果たして定刻の一一時五七分、冬美は、郡山に着いた。

問題は、磐越西線に乗り換えて、十三時三十三分までに、会津若松に着けるかどうかである。

時刻表で調べてみると、郡山一二時五二分発の快速があった。

それに乗った。が、時刻表を見て、がっかりした。

快速だから、会津若松まで九駅を飛ばすのだが、それでも、会津若松着は、一三時五七分なのだ。

これでは、十三時三十三分には、とても間に合わない。

平川敏生のアリバイは成立し、平川が、関を殺す動機も消えてしまうのだ。

それでも、冬美は、会津若松まで乗っていた。

時刻表どおりの一三時五七分、会津若松着。

腹が立つほど正確である。これでは、どうしようもない。

絶対に間に合わないのだ。

駅を出る。

九月二十五日のことを思い出してみる。

冬美と関の乗ったジーゼル車は、間違いなく、定刻の一三時三三分に、会津若松に着いた。

その場に、平川敏生もいた。

あれは、偽者でなく、本物の平川敏生だった。

秘書の小田切一夫もいた。

お迎えの黒いハイヤーがきて、平川たちは、それに乗って消えていった。ＶＩＰ待遇である。

何しろ、平川先生なのだ。

たぶん、講演前に、豪華な食事の接待があるのだろうと思いながら、冬美と関は、駅前の食堂で中華そばの大盛を食べ、関は、ビールを飲んだ。

三日目の休日。

冬美は、三日目も、アリバイ崩しの旅行に出るつもりだったが、その気になれず、昼近くまで寝ていた。

スマホが鳴ったので、起きた。

相手は、警視庁捜査一課の北条早苗刑事からだった。

「大丈夫?」

と、早苗が、きく。

「大丈夫って、どういうことですか」

「心配してたんですよ。昨日も一昨日も、マンションを訪ねたけど、お留守だったから」

と、早苗が、いった。

「四日間の休暇をもらって、プライベートな旅行をしていました」

冬美は答えた。

「どこへいったんですか?」

「あっ」

その時、煙が見えた。

「どうしたの?」

「煙が」

「煙がどうしたの?」

「玄関から煙が。火事みたいです」

「すぐ逃げなさい。すぐですよ!」

玄関に立ちのぼる煙は、勢いを増していく。

小さな爆発音。

「どうしたの？　大丈夫？」

早苗の声が、きこえる。

「今、ベランダに退避しました。これから、非常口に逃げます」

それから十二、三分、早苗の声が途絶えてしまった。

今度は、冬美が早苗に、電話をかけた。

「外に出ました。消防車がやってきて、消火活動が開始されました。もう大丈夫です」

「すぐ、そちらにいきます」

と、早苗が、いった。

5

早苗と十津川が、成城の冬美のマンションに着いた時は、消防車が八台も集まって、602号室で起きた火災の延焼を阻止しようと、放水中だった。

野次馬が集まっていた。

そのなかに、冬美もいたが、裸足だった。顔も煤けている。

「何があったの？」

と、早苗が、きいた。

「よくわからないんですけど、どうやら誰かが、郵便受に火炎瓶を投げこんだらしいんです」

「近くのカフェにいって、二人で、コーヒーでも飲んでいなさい。私は、消防に話をきいてくる」

と、十津川が、二人にいった。

火は、すでに鎮火に向かい、何台かの消防車は、引き返していった。

６０２号室と両隣は、黒く焦げてしまっている。

十津川は、消防を指揮していた隊長に、警察手帳を示した。

「ご苦労さんです」

「火元の６０２号室の住人が行方不明で、探しているんですが」

「名前は藤原冬美さんで、こちらが捜査している殺人事件の大事な証人です。さっき見つけて、向こうのカフェで休ませています。怪我はしていませんが、突然、玄関の郵便受に、火炎瓶を投げこまれたみたいだと、いっています」

「どうも放火みたいですね」

と、消防隊長は、いってから、

「あとで、私たちに連絡するように、いって下さい」

と、いって、白煙だけになった現場に、戻っていった。

十津川は、冬美のいるカフェに向かった。

彼女は、店の奥で、早苗とコーヒーを飲んでいた。

十津川も、コーヒーを注文してから、

「どうやら放火らしい。火事のほうは、鎮火した」

と、二人に、いった。

「彼女を殺そうとしたんですか？」

と、早苗が、きく。

「殺そうとしたのか、警告のつもりなのかはわからないが、冬美さんの動きに、犯人が反応したことは間違いないね」

「今、彼女からきいたんですが、昨日と一昨日、九月二十五日の取材旅行を再現してみたんだそうです」

と、早苗が、いう。

「確か、冬美さんと、亡くなった関さんの二人で、平川敏生のアリバイを証明していたんでしたね」

「関さんが、誰かに殺されましたが、自分がしらないうちに、犯罪を助けているんじゃないかと思って、九月二十五日と同じルートで、取材旅行を再現してみたんです」

と、冬美が、いった。

そのあと、冬美は、店のママに、時刻表を借り、メモ用紙とサインペンも借りて、熱っぽく、再現した取材旅行の説明を始めた。

「平川さんは、列車が栃木駅に近づく直前、私たちの前から姿を消して、自分たちの座席に戻ったということになっているんですが、ひょっとすると、栃木駅で降りたんじゃないかと、考えたのです」

と、冬美は、メモ用紙に〈東武鉄道　栃木駅〉と、書いた。

「一昨日、降りてみて、東北新幹線の小山駅が近いことに気がつきました。土屋健次郎さんは、この日の上りの東北新幹線『なすの270号』の9号車のグリーン車のトイレで、死体で発見されたんです。平川さんが、東武の特急『リバティ会津

111号』を栃木駅で降りて、小山駅に回ると、この『なすの270号』に、しっかり間に合うんです。たぶん、平川さんは、小山駅から乗りこんで、土屋健次郎さんをグリーン車の9号車のトイレで殺したと、考えました。そして、上野か大宮で『なすの270号』から降り、今度は下りの新幹線で、私たちを追いかけたと、そう考えてみたんです」

「なかなか面白い」

と、十津川が、いった。

「私と関さんが、東武の特急『リバティ会津111号』を使って、会津若松に着いたのは、その日の十三時三十三分です。その時間までに、平川さんが、新幹線を使って会津若松に着ければ、このアリバイトリックは完成するのです。だから私は、東北新幹線を使って十三時三十三分までに、会津若松へいけるかどうかを、試してみたのです」

冬美は、時刻表の東北新幹線のページを開いて証明する。

「十時十分に栃木駅を降り、小山駅で、上りの東北新幹線『なすの270号』で土屋健次郎さんを殺すと、時間的に見て、下りの東北新幹線『やまびこ57号』にしか乗れないのです。もし、これに乗って、十三時三十三分までに会津若松に着けば、アリバイトリックが完成するんです」

冬美は、一息ついて、コップの水を一口飲んでから、

「でも、その時になって、気がついたんです。東北新幹線には、会津若松駅はないんです。一番近い駅は、郡山でした」

「でも、郡山までいったんでしょう？」

と、十津川が、きいた。

「ええ、いってみました。郡山着が、一一時五七分なので、時間的には、まだ間に合いますが、郡山から会津若松まで、磐越西線に乗っていかなくてはなりません。一一時五七分に郡山に着くと、郡山発一二時五二分の快速列車しか乗れません。快速ですが、会津若松着は一三時五七分で、これでは間に合いません。アリバイトリックが破れるのではないかと思ったのですが、失敗でした。平川さんのアリバイは成立してしまうし、関さんが殺された理由も、わからなくなってしまいました」

冬美は、肩をすくめた。

「あなたの行動は、正しかったと思いますよ」

と、十津川は、いった。

「でも、平川さんはシロになってしまって、関さんも、なぜ殺されたのか、わからなくなってしまいました」

「冬美さんの昨日と一昨日の二日間の行動は、見張られていたと思いますね」

十津川が、いった。

「え?」

と、冬美が、十津川を見る。

「平川敏生は、密かに、何人もの私立探偵を雇ったときいています。たぶん、自分のアリバイを守るためでしょうね。だから、あなたのことも見張らせていた。そのあなたが、九月二十五日と関係ありそうな行動を取れば、あの日のアリバイを調べているんだろうと思いますよ。それで、冬美さん、あなたの口を封じようとして、火炎瓶を投げこんだ。そうとしか思えない」

「しかし、彼のアリバイは、成立しちゃったんですよ」

と、冬美が、いった。

「あなたは、そう思ったが、平川敏生の行動には、トリックがあったんですよ。私立探偵から報告を受けた平川は、アリバイトリックが見破られたと思いこんで、今日の凶行に及んだと、私は見ています。もちろん、実行者は平川本人ではなく、誰かにやらせたんだと思いますが」

と、十津川は、いう。

そして、このあとしばらくは、警察が用意するホテルで、泊まるようにと、いった。

「北条刑事にも、同じホテルに泊まってもらいます」

「十津川さんは、どうするんですか？」

と、きく冬美に対して、

「明日、冬美さんの足跡を追ってみようと思っています」

と、十津川は、答えた。

「でも、私は、失敗しました。アリバイトリックも破れなかったんです」

冬美は、繰り返した。

「あなたは、何か見落としてしまっているのかもしれません。それに、私は会津が好きですから」

と、十津川が、いった。

「刑事さんは、危なくないんですか？」

冬美が、心配した。

十津川が、笑った。

「刑事は安全です。刑事を殺すと、七代祟りますからね」

6

冬美は、その日から、警察が用意してくれた虎《とら》ノ門《もん》のホテルに泊まることになった。

同じホテルに、北条早苗刑事も泊まってくれるので、安心したし、話し相手にもなってくれた。

十津川が、どんな考えで、会津にいったのかはわからないし、向こうに着いたという連絡もない。

それよりも、丸一日、冬美は、マスコミに追いかけられた。

警察と消防が放火と断定したから、なおさらだった。

「誰に恨まれているか、心当たりはありますか?」

「殺された関修二郎さんと、何か関係があると思いますか?」

「つき合っている男性はいますか？　いるとしたら、その彼が絡んだ放火だと思いますか？」

「亡くなった関さんと一緒に、東北の取材にいかれましたが、そのことと今回の事件は、関係あると思いますか？」


そんな質問を浴びせられた。

記者たちは、本音では、平川敏生についてききたいのだが、その名前は出せないのだ。何といっても現在、平川は、総理のブレーンだからだ。

今、ＧｏＴｏトラベルの真っ盛りである。

コロナウイルス感染の第一の山を克服した今、ＧｏＴｏトラベルで、その経済のマイナス分を取り戻そうと、人々の足は、宙に浮いている。

殺された土屋健次郎と平川敏生は、その進め方で争っていたと、冬美は、記者からきいた。

日本は、いつもコネ社会だから、二人は、ＧｏＴｏキャンペーンの方法を争い、総理とのコネを争い、最後は片方を殺すことで、決着をつけようとしたのか。

今回のことがあったので、冬美は、否応なしに、平川敏生と土屋健次郎について、調べることになった。

平川敏生は、テレビなどによく出たり、何冊も本を出しているので、冬美も、その名前は前からしっていた。

コロナになり、政府に助言する分科会ができてからは、コロナ禍の経済について、助言するブレーンのひとりになっている。

その点、土屋健次郎のほうは、冬美は、今回初めてしった名前である。

財務省のキャリア官僚である。

土屋は、政府の内閣官房参与として、内閣府に入っていた。自然に総理の助言者的存在になり、総理の唱えるＧｏＴｏキャンペーンの推進を任された。

当然、この件については、民間からブレーンの一員として入ってきた平川とは、功を争うことになった。

同じＧｏＴｏキャンペーンの推進でも、微妙な違いがあった。

平川のほうが、外から入ってきただけに自由で、大まかだから、人気があった。

その点、官僚として、若い時から勉強してきた土屋のほうが、同じＧｏＴｏキャンペーンでも慎重だった。

平川は、ＧｏＴｏトラベルを始めたら、アクセルを一杯に踏みこめといい、土屋のほうは、慎重に、ブレーキも忘れるなというものだった。

総理に決断力があれば、二人のブレーンがいても、うまく使えるのだが、そこがうまくいかないのだと、古い政治評論家は、いう。

冬美には、そうした古めかしい政治的な取り引きのことは、わからない。わかるのは、そんなわけのわからない政治的取り引きのあおりで、関が殺されたのではないかという疑念である。

二日間、冬美は、彼女なりの方法で立ち向かったつもりなのだが、結果的に答えを見つけられず、逆に、反撃されてしまった。

「あれは、警告だと思いますよ」

と、早苗は、冬美にいった。

その点も、被害者なのに、冬美には、わからないのだ。

「私は、死ぬかと思いました。出入り口の玄関が炎上したので、一度も使ったことのない非常口しか逃げ道がなかったんですから。それでも、警告だというんですか？」

と、冬美は、文句をいった。

それに対して、北条早苗が、こういった。

「あなたのマンションの廊下にも、各部屋にも、火災探知器がついている。だから、ドアの郵便受に火炎瓶を投げこめば、火災探知器が鳴って、消防が駆けつけることは、犯人だってわかっていたと思う。それに、ベランダに出て、非常口にいけることもしっていたから、あなたを殺すというよりも、警告の意味が強かったと思うの。単なる警告だったとしても、許せないけど」

「犯人は、やはり平川敏生ですか？」

「それは、まだわからない。平川敏生にアリバイが成立すれば、あなたに警告する必要はないわけだし――」

とも、早苗は、いった。

「でも、私は、平川敏生が、九月二十五日に土屋健次郎を殺すことができないのを、証明してしまったと思っているんですけど」

冬美が、声を落とすと、早苗が笑って、

「十津川警部が帰ってきたら、どうだったかきいてみましょう。彼はプロだから、あなたが見落としたものを見つけてくるかもしれないわ」

と、いった。

丸一日、十津川からの連絡はなく、二日目に、彼のほうからホテルに会いにきた。

「会津にいってきましたよ」

と、十津川は笑顔でいい、会津白虎隊の人形を、おみやげだといって、冬美にプレゼントしてくれた。

そんな様子なので、冬美は、てっきり十津川にも、アリバイトリックが解けなかったのかと思っていると、

「トリックは、簡単に解けました」

と、いった。

「解けたんですか？」

冬美のほうが、驚いてしまった。

「ええ、解けました」

「最後は、新幹線の郡山でいきづまったんじゃないですか。磐越西線の郡山一二時五二分発の快速しか乗れませんから、この列車だと、会津若松着は、一三時五七分になって、それでは間に合わないんです」

「それも、ちゃんと調べてきましたよ。あなたのいうとおりのルートで動いてきました」

十津川は、そのルートを、市販の大型の時刻表を開いて説明した。


東武鉄道の特急「リバティ会津111号」を栃木駅で降りる。一〇時一〇分。

栃木駅―東北新幹線の小山駅間の距離は一〇・八キロ。

両毛線の本数は少ないので、タクシーを使う。
十二、三分で着く。
一〇時二五分発の上り「なすの270号」に乗る。

「なすの270号」は、十両編成で、グリーン車は9号車の一両だけである。

その9号車に乗ってきた土屋健次郎を9号車のトイレで殺し「故障」の札を貼って、次の大宮で降りる。一〇時四二分。

大宮から東北新幹線の郡山に向かう。

大宮一一時〇二分発の東北新幹線「やまびこ57号」に乗る。

郡山着一一時五七分。

「このあと、冬美さんがいうように、確かに、磐越西線郡山発一二時五二分の快速しか乗れません」

十津川は、なぜか嬉しそうに、いう。

「十津川さん、私は、その快速に乗ってみたんですよ。そうしたら、会津若松着は、一三時五七分で、十三時三十三分には間に合いません」

「そうです。間に合いません。それで、冬美さんは、悩んだんでしょう？」

「ええ、悩みました。実は、快速の一列車前に、一一時三九分郡山発の列車があるんです。その列車に乗れば、会津若松一三時〇〇分着で、充分間に合うんですよ。でも、たったの十九分差で、この列車には乗れないんです」

冬美が、口惜しそうに、いうと、十津川は、

「冬美さんも、その列車に注目しましたか」

「十津川さんもですか」

「そうです。この列車は、普通列車で各駅停車。それでも、十三時ちょうどに会津若松に着いているんです。三十三分も前にです。つまり、郡山と会津若松の間は、それだけ近いということです」

「でも、磐越西線は、そんなに都合のいい時間には走っていませんよ」

「それなら、列車に乗らずに、ほかの方法を使えばいいんです」

「車ですか」

「そうです」

「でも、郡山と会津若松間の道路事情もわからないでしょう。ちゃんと走れるかどうかだって、調べるのは大変だし、第一、車で、何分で着けるかもわからないと思います」

「それがわかるんですよ。道路事情も、何分で着けるのかもです」

十津川は、楽しそうに、いう。

「最近、日本中にハイウェイが走り、地方の一般道路も整えられたので、バス旅行が盛んです。特に、ハイウェイバスが走り回っています」

「それはしっています。大学時代、仲間と一緒に、ハイウェイバスでスキーにいきましたから」

「たぶん、今のほうが、さらにハイウェイバスの数は、多くなっているはずです。特に、私が強調したいのは、列車化して、同じルートで、一時間おきに走っていることです」

十津川は、大型の時刻表のハイウェイバスのページを開いた。

「このように、日本中をハイウェイバスが走っていて、郡山と会津若松間にも走っています。現在、二本のルートで走っていて、どちらも朝から深夜まで、ほぼ三十分おきから一時間おきに出ています」

A　郡山駅前――会津若松駅前――鶴《つる》ヶ城《じょう》合同庁舎前――御宿東風

B　ハワイアンズ――いわき駅――郡山駅前――会津若松駅前――鶴ヶ城合同庁舎前

「この二つのルートで、いずれも早朝から深夜まで、三十分おきから一時間おきに出ていて、時刻表もあるのです。どちらも郡山――会津若松間を、同じ時間で走っています。例えば、Aについていえば、次のとおりです。一時間十三分で着くし、Bでも同じく一時間十三分で着いています。安定しているのです。

A　郡山駅前七時〇〇分――会津若松駅前八時一三分

B　郡山駅前七時三〇分――会津若松駅前八時四三分

一方、平川は、東北新幹線『なすの270号』の車内で殺人を犯したとすると、下りの『やまびこ57号』で、郡山へくるわけですから、郡山には十一時五十七分に着きます。十三時三十三分まで一時間三十六分ありますので、ゆっくり間に合うのです。一時間三十分かけてもいいところを、一時間十三分でいけばいいのですから、多少の渋滞があっても間に合います」

「しかし、この計画に、ぴったり都合よく発車するハイウェイバスがあるかどうかは、わからないでしょう？」

冬美がいうと、十津川は、またにっこりした。

「ハイウェイバスは、使いません」

「でも、せっかくハイウェイバスが、郡山と会津若松の間を走っていることにお気づきになったのでしょう。それなのに、なぜ使わないのですか？」

「ハイウェイバスは、一台で走っています。定員も、せいぜい五十人前後でしょう。その上、郡山と会津若松の間はノンストップです。その間に、ほかの乗客や運転手に顔を見られたら、それで終わりですからね。個人タクシーか、特別に雇った運転のうまい人間を、車ごと郡山に待たせておいたと思いますね。一応、郡山でタクシーの運転手に、平川敏生の顔写真を見せて回りましたが、乗せたという運転手は見つかりませんでしたから、たぶん、特別に待たせておいたのです」

と、十津川は、いい、

「私の報告は、以上で終わりです。何か食べていきませんか。私がご馳走しますよ」

「アリバイトリックが解けたんでしたら、平川敏生を逮捕しないんですか？」

冬美が、きく。

十津川は、びっくりした表情で、

「そんなことは、できませんよ」

と、いった。

「どうしてですか？　平川敏生が犯人だと、わかったんじゃありませんか？」

「いや、違います」

と、十津川は、急に、笑いを消した。

「ただ単に、平川敏生が、上りの東北新幹線『なすの270号』9号車のグリーン車のトイレで、土屋健次郎を殺すことが可能だということを証明しただけです。この列車には、何百人もの乗客がいたと思いますが、その誰もが、土屋健次郎を殺すことができたんですよ。今は、その段階です」

と、十津川は、いうのだ。

冬美が、黙っていると、十津川は続けて、

「今の段階で、平川敏生を逮捕したら、間違いなく裁判で、上りの『なすの270号』の乗客全員に、土屋健次郎を殺すことができたはずだと、弁護側に反論されますよ」

「それじゃあ、どうしたら、いいんですか？」

「まず、食事をしましょう。それからゆっくり考える。平川敏生は、逃げませんから」

と、十津川は、いった。

ホテル内のカフェで、食事をすることになった。

ナポリタンが美味いというので、三人で注文し、ビールも飲んだ。

冬美は、どうしても落ち着けない。警告であれ、何であれ、死にかけたのは事実なのだ。

「のんびり食事なんかしていて、いいんですか？　何か考えることとか、調べることはないんですか？」

冬美が、きいた。

「いくらでもありますよ」

「そのなかの一つでも、教えて下さい。私が関係あることなら、私が調べます。亡くなった関さんと関係のあることでもいいです」

「お二人が関係していたことで、調べたいことが一つあります」

と、十津川が、いった。

「それを教えて下さい。何かやっていないと、落ち着けないんです」

正直な、冬美の気持ちだった。

「わからないことが一つあります」

「それをおっしゃって下さい」

「あなたと関さんは、九月二十五日、東北地方と列車の取材のため、東武鉄道の特急『リバティ会津111号』に乗った。最初の行き先は、会津若松。そうですね？」

「ええ、そうです」

「始発は浅草、そうですね？」

「ええ、九月二十五日九時〇〇分の発車です」

「次の停車駅とうきょうスカイツリー駅で、平川敏生と秘書の小田切一夫が乗ってきたわけですよね？　平川は、車両を間違えて、あなた方二人に話しかけてきた」

「私と関さんは、会津行の車両の2号車に乗っていて、平川敏生と秘書の方は、3号車でした」

「しかし、平川敏生は、三年前に知り合った関さんに2号車で話しかけ、栃木駅に近づくまで、ずっと2号車にいた。そのあと、秘書が探しにきて、3号車に連れていった。そうですよね？」

「そうです」

「これは、偶然なんでしょうか？　それとも、計画されたものでしょうか？」

「え？」

冬美は、虚を突かれた感じで、思わず、声をあげた。

平川敏生の動きには、関心が生まれて、二日間にわたって調べたが、自分たちのことには、まったく疑問を持っていなかったからだ。

冬美と関が九月二十五日に、取材第一日目として、東武鉄道の特急「リバティ会津111号」に乗ったのは、偶然だと思っていて、まったく疑っていなかった。それで、驚いてしまったのだ。

「私と関さんが乗っていた特急『リバティ会津111号』に、たまたま平川敏生たちが乗ってきたと思っていたのですが、違うんですか？」

「平川敏生を犯人と断定するためには、まず、このことから疑って、調べてみる必要があるんです。面倒ですがね」

と、十津川は、いった。

第五章　一通の手紙

1

冬美のスマホが鳴った。今日はよく鳴る。
冬美は、ちらりと警護の北条早苗刑事の顔を見る。
(出ないで)
と、いうように、早苗が首を横に振った。
スマホはしばらく鳴り続けたが、やがて、諦めたようにやんだ。
「出版社からの電話だったら、どうしたらいいんですか？」
冬美が、きく。
「出版社のはずがないわ。編集長も、ほかの記者さんも、あなたが危険な目に遭って、このホテルに避難していることはしっているんだから、電話してくるはずがないでしょう」

と、早苗が、いった。

「それは、そうだと思いますけど」

「よくきいて」

早苗は、新人警官に向かっていうように、熱をこめていった。

「平川敏生のアリバイは、成立しなくなった。だからといって、彼が犯人と決まったわけじゃない。これは、わかるわね？」

「ええ、十津川警部の話で納得しました。でも、平川が犯人だという可能性も、あるわけでしょう？」

「もちろん。平川が、私たちが考えたルートで会津若松にいったことが証明できれば、彼が犯人だということになる。でも、それが証明できなければ、容疑者のひとりでしかないわ」

「どうしたらいいんですか？」

「私たちの考えたルートに、平川が事件の日に動いていれば、間違いなく彼が犯人だわ。だから、これから各県警にも協力してもらって、事件の日、私たちが考えたルート上に平川の姿を見つけることができれば、彼を殺人容疑で逮捕できるわ」

「いつになったら、結論が出るのでしょうか？」

「正直にいって、わからない。平川が今いったルートにいたことがわかるか、自供するまでは駄目」

「それまでに、平川と会ったら、どうすればいいんですか？」

「そうね、笑顔で、こんにちは、といえばいいわ。それから、特急『リバティ会津111号』の話は、こっちからしないほうがいいわね。もし、平川が犯人なら、こちらのことを探ってくるでしょうから」

と、早苗は、いった。

（面倒くさいな）

冬美はそう思いながら、一方で、自分が殺人事件に巻きこまれているのだということを、再認識した。

また、冬美のスマホが鳴った。

反射的に早苗を見る。

早苗は、ちょっと考えてから、オーケイのサインを出した。

相手は「旅と人生」の田所編集長だった。

「よかった。無事だったんだね」

と、田所は、大げさないい方をした。

冬美は、苦笑して、

「大丈夫に決まっています。刑事さんと一緒にいるんですから」

「それはわかっているんだが、藤原冬美という新人記者を出せという電話が、やたらにかかってくるんだよ。事件について、直接、君にききたいといってね。ここにはいないというと、編集長のお前が隠しているんだろうと、怒る電話もある。一体いつになったら、君はこっちに戻ってこられるんだ？　そこに刑事さんがいるんだろう？　きいてみてくれないか」

と、田所が、いった。

仕方がないので、北条早苗が、電話を代わった。

「彼女は、まったくの新人なんだから、いなくても、仕事に支障はないのではありませんか？」

「そうじゃないんです。社としての仕事は、彼女抜きでちゃんとやっています。ただ、彼女が、あの殺人事件に関係しているという噂が流れてしまったので、本人の話をききたいとか、テレビに出て、話をしてくれないかとかいう電話が、やたらにかかってくるんですよ。それが、たいてい編集長の私宛てなんです。仕事になりませんよ」

と、田所は、文句をいった。

早苗は、大げさだなと思う一方で、あまり売れない旅行雑誌だから、もしかしたら、殺人事件の証人になった新人記者を使って、何か書かせようとしているのではないかと、勘ぐったりもした。

「現在、警察は全力を挙げて、事件の解決に向かっています。大変かもしれませんが、冬美さんの安全のためですから、もう少し我慢して下さい」

「それは、わかっています。ただ、どの程度まで捜査が進んでいるのか、それをしりたいだけです」

「今のところ、間もなく解決するとしか申しあげられません」

といって、早苗は、強引に電話を切った。

2

土屋健次郎殺人事件は、大きく取りあげられたにもかかわらず、進展がなかった。

平川敏生のアリバイは崩れたが、それは、彼が犯人としての話である。

一方、コロナのほうは、政府が五月末に緊急事態宣言を解除し、七月二十二日にＧｏＴｏトラベルを開始したため、人々は旅行に力を入れ、まるで、コロナ問題は解決したかのような気配である。

テレビは連日、観光地の旅館やホテルが、ＧｏＴｏトラベルを利用すれば、いかに安く利用できるかの宣伝ばかりである。

政府の新型コロナウイルス対策本部（分科会）も、感染者の数がゼロにならないが、増加もしないので、のんびりしている。

ただ、ＧｏＴｏトラベルの旗振り役のブレーンのひとりであった土屋健次郎が亡くなってしまったので、その後任を、決めることになった。

今の総理が、ＧｏＴｏキャンペーンの推進者だったからか、総理直属のブレーンのひとりといわれる大久保敬が内閣官房参与に任名され、正式にコロナ対策兼ＧｏＴｏキャンペーンの推進役に指名されたことが発表された。

テレビで、それが明らかになり、三十三歳の若い大久保敬の顔が画面に映るのを、複雑な思いで見ていた者が何人かいた。

アナウンサーは「Ｓ大－ハーバード卒の若き秀才」と伝えている。

大久保は、少し早口で、コロナには、必ず勝ってみせますと、自信満々に喋っていた。

十津川もある意味、複雑な気持ちでテレビを見ていたのだが、殺された土屋健次郎は、首相と同じＧｏＴｏキャンペーンの推進役だが、最近、首相との間で、微妙にずれが生じていると、きいていたからだった。

政治絡みの殺人事件が起きると、たいていは、反対派が疑われる。なぜなら、理由も、犯人もはっきりしているからで、大袈裟にいえば、反対派の殺人は、革命になるからだ。

しかし、実際の事件は、同じ派閥によるものが大部分である。

権力者側でも、小さな差で権力の移動があるので、小さな理由でも、相手を押し潰そうとするのだ。

だから、土屋健次郎が殺されたときいた時も、十津川は、ＧｏＴｏキャンペーンに反対する人間が犯人だとは、思わなかった。

現在の保守政権は、反対する野党との力の差があまりにも大きいので、ＧｏＴｏキャンペーン推進派の土屋健次郎ひとりを殺したところで、権力の移動は起きないし、後任は、同じＧｏＴｏキャンペーンの推進派の人間になるだろうと思っていた。

問題は、小さな考えの差なのだ。

殺された土屋健次郎と、新しく登用された大久保敬の間にも、そうした差があると、十津川は、見ていた。

新聞は、こう書いた。

〈新型コロナ対策兼ＧｏＴｏキャンペーン委員　大久保敬氏の話

今までどおり、ＧｏＴｏキャンペーンを推進していく。変わることはない〉

また、テレビの記者会見でも、大久保は、新しくコロナ対策兼ＧｏＴｏキャンペーン推進委員の肩書きで、記者団から呼ばれると、にっこりして、

「コロナに対しては自分なりの考えがありますが、GoToキャンペーンの政策については、前任の土屋委員とまったく同じ考えです。したがって、変わったことをすることもありません。前例にしたがうとしか、申しあげることはありません」

と、いった。

したがって、新聞は各紙とも、

〈GoToキャンペーンは、変わらず実施〉

で、一致していた。

だから、テレビに出てくるコメンテイターも、同じように、

「GoToキャンペーンは、完全実施で一致」

としか、いわないのだ。

だが、政権に少しは一般人よりも近いところにいる十津川の耳には、ちがう話が伝わってきていた。

首相周辺では、首相とGoToキャンペーン推進役の土屋健次郎との意見が、

細かい点で合わなくなっていて、時々、首相が、渋面を作っていることがあるというのだった。

そのことで、実は、首相の側近ははらはらしていたのだが、土屋健次郎がいなくなったことで、ほっとしているというのである。

そんなこともあるだろうと、十津川は納得するのだが、問題はやはり、そのことと土屋健次郎が殺されたことは、関係があるかどうかということである。

もちろん、首相が、意見が少しずつずれが生じていき、そのことに気づかぬ側近の土屋に腹を立て、平川敏生に命じて殺させたとは、考えない。

もし、首相の気持ちを忖度して、土屋の口を封じたのだとしたら、十津川は、首相周辺も捜査する必要が出てくるのだ。

そんなことを十津川が考えている時、冬美の警護に当たらせている北条早苗刑事から、電話が入った。

冬美が、消えたというのだ。

冬美は、警察が決めたホテルに泊まらせ、北条早苗刑事が、警護に当たっていたにもかかわらずである。

「どうして突然、消えたんだ？　警護していたんじゃないのか？　誰かに連れ去られたのか？」

「調べたところでは、誘拐された可能性はありません。八〇パーセント、自分から失踪したんです」

と、早苗は、いう。

「そんな気配は、あったのか？」

十津川が、きく。

「いいえ、まったくありませんでした。平川敏生のアリバイが崩れたので、犯人も、必死になって身を守ろうとするだろう。だから、証人のあなたは充分気をつけるようにと、そう話した直後なんです。まったく考えられないことで、困惑しかありません」

「いつ頃、いなくなったんだ？」

「それも、はっきりしないのです。少なくとも、朝食をホテルで一緒に食べましたから、そのあとだとは思います」

と、早苗は、いう。

現在、午前十時五分。

その時、

「今、情報が入りました」

と、早苗がいった。

「今日の午前九時すぎに、冬美が、ホテルのフロントに頼んでタクシーを呼んだことがわかりました。そのタクシー会社もわかりましたので、これからその線で調べてみます」

早苗の声が、消えた。

3

早苗は、必死だった。

冬美が失踪したことは、まったくの自分の責任である。

唯一の救いは、誘拐されたのではなく、自分自身の意志で失踪したらしいということであり、そのため、今のところではあるが、冬美が殺される恐れはない。

早苗は、冬美に頼まれてタクシーを呼んだというフロントの担当者から、やってきたタクシー会社と運転手についてきくと、

「タクシー会社は、Mタクシーの東京営業所で、運転手は中年で、ナンバーは3051です」

と、教えてくれた。

運転手の名前は、野口一男《のぐちかずお》とわかり、冬美を乗せたことを確認したあと、乗せていった場所まで案内してもらった。

そこは、東京駅だった。

東京駅の丸《まる》の内《うち》側である。

「東京駅は、始発駅ですから、何時までに着いてくれと、うるさかったんじゃないですか？」

と、早苗がきくと、運転手は、

「そうですね。十二時四十分までに、東京駅の丸の内側につけてくださいといっていましたね」

と、いう。

「十二時四十分までといういい方だったんですか？」

「そうですよ。少し変わったいい方だなと思ったけど、ああ、乗る列車の時間なんだと思いました」

そこで早苗は、時刻表で調べた末に、一つの列車に狙いをつけた。

冬美は、列車に乗るつもりで、東京駅にタクシーを走らせたことは間違いない。

もし、新幹線に乗る気なら、丸の内側ではなく、新幹線口のある八重洲《やえす》側で降りるだろう。

また、近いところにいくのなら、タクシーをそのまま飛ばすだろう。

東北や千葉方面にいくのなら、わざわざ東京駅でなくても、池袋や上野、浅草から出る列車に乗ればいいのだ。

となると、必然的に東京発の西にいく列車ということになってくる。

そして見つけたのが、東京発で伊豆《いず》方面にいく列車である。

特急「踊り子」である。

最近は、特急「踊り子」も種類が増えて、昔懐かしい踊り子の文字がある「踊り子」と、一番新しい全席グリーン車の「サフィール踊り子」が走っている。

そのなかに、東京発一三時〇〇分の特急「踊り子15号」を見つけた。

「十二時四十分までに」といえば、この「踊り子15号」しか考えられなかった。

この「踊り子15号」の時刻表は、次のとおりだった。

東京《とうきょう》	一三時〇〇分
品川《しながわ》	一三時〇八分
横浜《よこはま》	一三時二四分
熱海《あたみ》	一四時二二分
伊東《いとう》	一四時四四分
伊豆《いず》高原《こうげん》	一五時一〇分
伊豆《いず》熱川《あたがわ》	一五時二〇分
伊豆《いず》稲取《いなとり》	一五時二七分
河津《かわづ》	一五時三三分
伊豆急下田《いずきゅうしもだ》	一五時四四分

このうちの、どの駅にいったのか。
横浜までなら、特急「踊り子」は使わないだろう。
タクシーでいけばいい。
とすれば、横浜よりも先だろう。

しかし、横浜の先には、終点の伊豆急下田まで七駅ある。

「今のところ、この七駅のどこで降りたのかがわからないので、今から七駅全部を調べてきます」

早苗が、十津川にいうと、

「そんなことをする必要はない。冬美が降りたのは、たぶん伊東だ」

という声が、はね返ってきた。

「警部には、どうして、伊東だとわかるんですか？」

「彼女の恋人は、大久保敬だ。大久保の代々の別荘が伊東にある。豪邸だそうだ」

と、十津川は、いった。

「私が明日、伊東へいってきます」

早苗が、いった。

「冬美を見つけても、怒ったりするな。列車に乗るのも、恋人に会うのも、自由なんだからね」

早苗は、翌日、午前九時〇〇分の東京発の特急「踊り子」に乗った。

ＧｏＴｏトラベルの後押しがあってか、車内は、ほぼ満席だった。

乗客は、緊急事態宣言が解除されたということで、どの顔も明るかったが、それでも、マスクは全員がつけていた。

もちろん、北条早苗もである。

伊東に、定刻の午前一〇時四四分着。

伊東の別荘地帯は、駅から離れている。早苗は、駅前に駐まっていたタクシーに乗りこむと、運転手に、

「大久保さんのお宅をしりませんか？」

と、きいた。

「しっていますよ。伊東では、一番古い豪邸じゃないですか」

「それじゃあ、その大久保さんの家へお願いします」

早苗は、いった。

大久保邸は、伊東の奥の高台にあった。和風の豪邸である。

早苗は、最初から警察手帳を見せて、面会を求めた。

大久保敬は、出勤していたが、鎌倉市議会の議長だという父親が会ってくれた。

早苗は、単刀直入に、

「藤原冬美さんが、こちらにきていませんか？」

と、きいた。

「ああ、彼女なら、息子が連れてきましたが、もう帰りましたよ。息子も、コロナ対策やＧｏＴｏキャンペーン対策で首相の側近に選ばれて、いろいろと忙しいからね」

と、いう。

「では、冬美さんは、今は、どこにいるんでしょうか？」

「自宅に帰ったんじゃありませんかね」

と、あっさり、いう。

しかし、彼女の自宅マンションは火事に遭って、現在改修中であり、今は警察が用意したホテル住まいだから、帰っているはずはない。

「大久保敬さんと冬美さんは、古いつき合いだそうですね？」

早苗は、質問を変えた。

「Ｓ大の先輩後輩で、私は、二人の仲まではよくしらないんだが、何でも、古いつき合いらしい」

「将来は、結婚される予定ですか？」

「そこまではしらん。しかし、息子も、ようやく政界に興味を感じたらしくてね、しばらくは、結婚のことは考えないと、いっていた」

「冬美さんとの結婚も、しばらく考えないということですか？」

「まあ、そういうこともあるだろうが、ほかの可能性も考えているようだ」

と、父親は、楽しそうにいう。

「ほかの女性との結婚も考えているということですか？」

「息子は、アメリカのハーバード大学の卒業で、そのあと三年間、アメリカ政治を勉強していますからね。日本の引退政治家で、娘さんしかいない方から、息子を婿にもらいたいという話がよくくるんだよ」

「敬さんは、どうなんですか？」

「息子も、最近はその気になっているみたいで、明治の元勲の家系の娘さんから、手紙がきていてね。息子も、ちゃんと返事を出しているらしい」

「敬さんは、毎日、ここから霞《かすみ》が関《せき》に出勤しているんですか？」

早苗は、質問を続ける。

「ここから出勤する時もあるが、小田原《おだわら》から出勤することもある」

「小田原のどこですか？」

「小田原に、有名な別荘通りというのがあってね。その一軒を私が買ってやって、息子を住まわせているんだ。小田原なら、東京まで近いからね」

と、自慢するのだ。

早苗は、冬美のために腹が立ったが、二人の仲が冷えているのなら、警察としては、冬美を守りやすいとも考えた。

たぶん、冬美はそこにいるのだろうと考えて、早苗は早々に大久保邸を辞して、小田原に向かった。

小田原駅の周辺はビルがあり、都会そのものだが、海岸に向かってしばらく歩くと、静かな別荘地帯にぶつかった。

広い通りと、深い並木道。

その通りの両側に、洒落た造りの家が並んでいる。

静かである。

個人の家だったり、図書館だったり、有名な高級店の社長邸だったりする。

早苗は、ゆっくりと一軒ずつ、表札を見ていった。

〈ＯＫＵＢＯ〉

というローマ字の表札が見つかった。デザイン化した文字である。ベルを押してみる。

すぐには反応がなかったが、相手に、こちらの顔が見えるようにして、再度、ベルを鳴らすと、やっと玄関のドアが開いた。

やはり、冬美だった。

照れくさそうな顔で、

「今日は」

と、いう。

「あがらせてもらっていい？」

早苗がきくと、

「どうぞ」

と、冬美はまた、照れくさそうな笑い方をする。

広い中庭に面したリビングルームに通される。

三十畳くらいはあるだろう。その一角に、ホームバーと小さなキッチンがある。

「今、お茶を淹れます」

と、冬美がいう。

早苗は、その部屋にある生活臭を嗅ぎ取ろうとした。

前から住んでいる大久保のものか、それとも、最近一緒にいる冬美のものか。

彼女のものだとしたら、連れ帰るのは難しいかもしれない。

お茶といったが、出されたのは、ビールだった。

早苗は、少しばかりむっとして、

「仕事中は、アルコールは飲みませんよ」

「すいません」

と、今度は、冷蔵庫からコーラを取り出して代えたが、表情は、あまり慌てているようには見えない。

「あなたのことを、心配しているのよ」

と、早苗は、いった。

冬美は、黙っている。

「大久保敬さんから、突然、連絡があったのね？」

「そうなんです」

「ここで一緒に住みたいと、誘われた？」

「それだけじゃありません」

冬美は、急に、声が大きくなった。

「ほかに、何をいわれたの？」

「彼は今度、内閣官房参与で、ＧｏＴｏキャンペーン推進とコロナ対策の委員になったんです」

「それはしっています」

「それで、気心のしれた女性秘書がほしいというんです」

「女性秘書とは、あなたのことをいっているのね？」

「二、三日中に、私を官房副長官に会わせて、正式に自分の秘書としたいと、いっているんです」

「でも、あなたは旅と人生社で働いているんじゃないの？」

「でも、関さんが死んで、私には、取材旅行で組む人がいなくなってしまったんです。それに、あの出版社はもともと、あまり売れない旅行雑誌を出していて、発展性がないんです」

と、冬美は、いう。

（この娘は、彼に、かなり参っているし、彼と一緒の仕事、それも、政治の中枢

での仕事に憧れているらしい）

と、早苗は、思った。

これが、この娘の地なのだろうか。

それとも、大久保に誘われて、変わったのか。

「あなたは、殺人事件の証人として、狙われることはわかっているわね？」

「はい」

「それなのに、黙って行動するのは、危険だとは思わないの？」

「でも、彼の秘書になれば、今よりもずっと安全になると思うんですけど」

と、冬美は、いう。

「大久保さんの秘書になる話だけど、まだ決まったわけじゃないんでしょう？」

「彼の話では予算はもうついていて、あとは、私がオーケイをすればいいだけだそうです」

「それなら、もう決まったようなものじゃないの。でも、私としては、大久保さんの話もききたい。今日、何時頃に帰宅するか、わかる？」

「電話してみます」

冬美は、スマホをかけていたが、

「今日は、午後七時には帰れるので、その時、仕事の様子も話して、警察の了解を得たいといっていました」

「それじゃあ、私のほうも、十津川警部に報告しておきます」

と、早苗はいい、部屋を出て、十津川に電話をかけた。

今、小田原の大久保敬の家にいること、冬美は、昨日から彼に誘われて、この家にいることを話した。

「大久保敬は、今回、政府の進めるＧｏＴｏキャンペーンとコロナ対策の委員を命じられたので、藤原冬美を秘書として使うことを、内閣に申請するというのです。すでに予算もついているので、十中八、九、要請は通るらしいです」

「旅行雑誌のほうは、どうするつもりなのかね？」

「冬美自身は、もう、やめる気です。大久保は、午後七時には帰宅するというので、詳しい話をきいてみるつもりですが、その後は、どうしますか？」

「そうだな。彼女の行動を力づくで束縛することもできないから、好きにさせたらいいと思う。その上で、彼女を警護することにしよう。大久保敬にも、冬美が危険な状況であることを話してやってくれ。それを承知で、大久保の秘書になりたいなら、止める方法はないからね」

と、十津川は、いった。

大久保敬は、午後七時より十二、三分前に帰宅した。

新聞の、政府の人事の報道で顔写真は見ているが、早苗が、大久保に会うのは初めてである。

早苗が、冬美が突然、行方不明になったと告げると、大久保は、弁明もせず、

「ＧｏＴｏキャンペーンとコロナ対策の委員を命ぜられ、同時に、秘書をひとり使う許可も得て、これで冬美君を秘書にできると思って嬉しくなりました。申しわけない」

子供みたいなことをいう。

「でもそれまで、彼女には、何の連絡もしなかったんでしょう。そこがわからない。アメリカからだって、いつでも自由に電話できるはずだし、メールだって手紙だって出せるでしょうに。どうして、連絡しなかったんですか？」

と、早苗は、きいた。

「自尊心の問題です。確かに、ハーバードを出て、向こうでアメリカ政治の研究もしました。が、どちらも、身分は学生ですよ。奨学金をもらえても、自分で稼いだものじゃない。学資を大学に補助されていて、こんな状態で、つき合ってく

れなんていえません。一文なしだけど、構わないかなんてね。だから、じっと我慢していたんです」

「それで、どうしていたんです？」

「職探しですよ。何とかして、格好いい仕事に就きたかったんです。私は人一倍、見栄っ張りですからね。その上、大久保家というのは、代々、市会議長や県会議長を出しているのが自慢ですからね。普通のサラリーマンでは駄目なんです。今回、ＧｏＴｏキャンペーンとコロナ対策の委員となって、やっと、自慢できる地位を与えられました。それで、すぐ冬美君に電話をしたんです。秘書を雇うことができるので、ぜひ、力を貸してくれと頼みました。すぐにオーケイしてくれたので、ほっとしているところです。明日にでも直接の上司である官房副長官に紹介して、認めてもらおうと思っています」

大久保は、興奮して、いっきに喋る。よほど嬉しいのだろう。

「今、首相を中心として、コロナ対策本部ができているわけでしょう。その対策本部の様子を話してくれませんか。現在、私たち十津川班は、あなたの前にＧｏＴｏキャンペーンの推進役をやっていた土屋健次郎殺しと、雑誌記者、関修二郎殺しの二つの殺人事件を追っているんです」

「それは、よくしっています」

「あなたを信じて、冬美さんの安全についてはお任せしますが、その代わりに、二つの殺人事件についての情報がほしいの。特に、殺された土屋健次郎の情報がほしい」

と、早苗は、いった。

「どんな情報ですか?」

「土屋健次郎は、首相の指示を受けて、ＧｏＴｏキャンペーンの旗振り役として、その推進に当たっていたが、急に、首相との間に、その考え方に微妙な違いが生じていた。そのため、首相が不機嫌だったという噂をきいているんですよ。これは、事実なんですか?」

「答えなければいけませんか?」

大久保は、不満そうにいう。

「冬美さんのことはあなたに任せたんだから、このくらいの情報は教えて下さい」

早苗も、一歩も引かない。

「私が話したことは、秘密にしてもらえますか?」

「もちろんですよ。私たちの目的は、殺人事件の捜査ですから」

そうですかといい、大久保が話しはじめた。

「重要政策に携わる委員になって、会議に出席したり、分科会に出たりすると、それまでは首相の指揮の下、一致団結して、国民の喜ぶ政策を実行しているのだとばかり思っていたんです。でも、各大臣は、自己本位で自分だけ目立とうとしているし、首相のお気に入りで、ＧｏＴｏキャンペーンの旗振り役といわれる土屋さんも、自分を目立たせようとして、首相の指示とは微妙に違う命令を出したりしていたというのです」

「首相は、それに気づかなかった？」

「首相は、ＧｏＴｏキャンペーンだけに関わってはいられませんからね。それでも土屋さんのことを、首相にご注進に及ぶ大臣や、官僚がいて、首相が、土屋さんを怒鳴りつけるのをきいたという人もいますからね」

「土屋健次郎殺しについて、平川敏生が、容疑者になったことがあったけど、この平川とコロナ問題や、首相の推進するＧｏＴｏキャンペーンとの関係は、どうなっているの？」

と、早苗が、きいた。

「平川さんは、時々、顔を出しています。首相のお気に入りだそうで、民間人として、首相にサジェスチョンするグループのひとりです。何でも、今の首相が、平の代議士だった頃、関係していた企業が潰れかかっていた。それを、経営コンサルタントの平川さんが、見事に立て直した。それ以来、首相になった今も、首相は平川さんを内閣官房参与にして、ＧｏＴｏキャンペーンについても、その実施期間や方法について、いろいろと意見をきいているみたいです」

「殺された土屋健次郎は、当然、平川敏生という存在が面白くなかったでしょうね」

と、早苗が、きく。

大久保は、やっと笑顔を見せて、

「そうですね。上級官僚だった土屋さんにしてみれば、平川さんの起用は、我慢ならなかったんじゃないかと思います。口先だけで、首相に取り入っている奴だという認識だと思います」

「政府内では、土屋健次郎が殺されたことについて、どんな議論が交わされているんですか？」

「皆さん、意識して、殺人事件についての議論はしませんね。誰も、コロナ対策や、ＧｏＴｏキャンペーンのために土屋健次郎が殺されたとは、考えたくないんですよ」

「どうしてですか？」

「今、官邸は、緊急事態宣言を解除して、ＧｏＴｏトラベルを推進しています。土屋健次郎は、その推進役ですからね。当然、土屋の死は、その運動に水を差すことです。特に、首相は、小さいことを気にする方ですからね。首相の前では、皆さん、今回の殺人事件には、触れないようにと気を遣っていますね」

と、大久保が、いった。

「もういいわ。ありがとう」

早苗は、この話題を切りあげた。

翌朝、二人が出勤するのを見届けたあと、早苗は東京に帰り、捜査本部に向かった。

十津川に会うと、昨夜、二人と話したことを告げたあと、

「どうも私には、大久保が嘘をついているような気がして、仕方がないのです」

と、自分の正直な気持ちを伝えた。

「しかし、大久保は、今回、政府のＧｏＴｏキャンペーンとコロナ対策の推進役

という大きな仕事を与えられた。そこで、自慢をしたくて冬美に声をかけ、秘書にすることに決めたわけだろう。別に不思議な点は、ないように思うがね」

十津川は、首をひねった。

早苗は、ポケットからボイスレコーダーを取り出した。

「昨夜、大久保と話し合いました。それを、彼に黙って録音したものです。今いったように、私は、彼がいっていることが、どうにも納得できないのです。それで、彼には黙って録音しました。警部に、それをきいていただいて、感想をおききしたいです」

「一応、きかせてくれ」

十津川はいい、早苗が、ボイスレコーダーのスイッチを入れた。

早苗と大久保のやり取りが、流れてくる。

きき終わると、十津川は、笑っていた。

「どうですか？」

早苗が、きく。

「大久保は、頭は切れるんだろう」

「S大、ハーバード卒の秀才です。その後、三年間、向こうでアメリカ政治を研究。コロナ発生の直前に帰国して、首相のブレーンのひとりとなり、先日亡くなった土屋健次郎の後任として、ＧｏＴｏキャンペーンの推進役になっています」

「首相も、信頼しているんだろう。若いし、ハーバード卒だし。首相は、確か、地方の大学出身じゃなかったかね。だから、自分のまわりには、名門大学の出身者を集めているときいたことがある」

「それで、どうですか？　大久保のお喋りは？」

と、早苗は、重ねてもう一度、十津川にきいた。

「気が利いたお喋りをしたというよりも、どんなことを喋ったら、首相の気に入るかを計算している感じがするよ。だから、本音は、ほとんど入っていないだろう。そんな気がするね。ハーバード卒といっても、自分で稼いでいないから、大学に雇われているみたいなものだというところなど、きくほうは、あのハーバード出身を自慢せずに謙虚なものだと、相手は感心する。それを考えて喋っているね。本心じゃないな」

と、十津川はいい、早苗が黙っていると、言葉を続けて、

「首相も、あのハーバードを出た若い秀才が、こんなことをいえば、心地いいだ

ろうね」

「確か、雑誌に、そんな首相の談話が載っているのを見た記憶があります。相手が大久保とは書いてありませんでしたが『最近、アメリカの名門ハーバード出身の若者と話をしたが、自分は、まだ一円も稼いでいませんから、社会のお荷物です』というのをきいて感心したといった談話です」

「結局、ハーバード出身を自慢しているんだよ。謙虚だと首相が感心するのは、ハーバードという前置きがあるからだからね」

と、十津川は、また笑った。

「首相周辺のコロナ対策とか、ＧｏＴｏキャンペーンについてのエピソードは、どうですか？」

「それも、まったく同じパターンだよ。首相以下、足並み揃えてじゃ面白くない。といっても、混乱を極めているじゃ真実性がない。首相と大臣や内閣官房や霞が関との間に、小さなきしみがあり、意見の食い違いがあって、首相が苛立つぐらいが、一番リアリティがあるし、きき手が信じて、政府の内部を覗きこんだ充足感を手にできる。明らかに、今回の大久保は、そこまで読んで話をしているね」

「冬美の身の安全については、どうでしょうか？　大久保の秘書になることで、安全は保てるでしょうか？」

　それが、早苗の一番の心配だった。

「それは、冬美の立場が問題だな」

と、十津川は、いった。

「大久保は、恋人として、冬美を守りたいといっていますが、本心なのかどうかはわかりません」

「それは、当人がいっているのか？」

「いいえ。いっているのは、大久保の父親です。市議会議長の父親は、息子が首相の推進するＧｏＴｏキャンペーンやコロナ対策に携わる委員になったことを喜び、息子の相手として、冬美は相応しくないと考えているようです」

「息子は、そんな父親の意向に逆らっているのか、承知の上で冬美を秘書に迎えたのか？」

「承知の上で、冬美を秘書に迎えたとしたら、愛情というより、おそらく、彼女の口封じでしょう」

「確かに、その線だろうね。冬美の同僚の関修二郎が殺され、平川敏生が同じ東武の特急『リバティ会津111号』に乗っていたという証人は、冬美ひとりだけになってしまったからね」

と、十津川は、いった。

「冬美は、平川敏生にとって、必要な証人なんでしょうか。それとも、危険な証人なんでしょうか？」

早苗が、きく。

「今のところは、必要だろう。しかし、彼女が、アリバイ崩しを喋り始めたら、危険な存在になる」

「だから、やはり、大久保の力で口封じということになってきますね」

と、早苗は、いった。

今のところ、その線が妥当なところだろう。

4

捜査本部の空気は、停滞していた。

平川敏生のアリバイが崩れ、容疑はさらに強くなったが、肝心の証拠が見つからないのだ。

同行していた、秘書の小田切一夫が共犯ということになるのだが、今のところ、二人が落ちそうな気配はない。

そこで、十津川は初心に戻って、被害者、土屋健次郎の九月二十五日の行動を調べ直すことにした。

土屋は、九月二十五日、上野に着いた東北新幹線上りの「なすの270号」の9号車グリーン車のトイレのなかで、死体となって発見された。

この列車の時刻表を、十津川は、何回も見直している。

那須塩原《なすしおばら》　九時五三分
↓
宇都宮《うつのみや》　一〇時一一分
↓
小山《おやま》　一〇時二五分
↓
大宮《おおみや》　一〇時四二分

上野《うえの》　一一時〇二分
↑
東京《とうきょう》　一一時〇八分
↑

平川敏生が犯人（共犯は秘書の小田切一夫）とすると、彼は、東武特急「リバティ会津111号」を栃木駅で降りて、東北新幹線の小山駅にいき、ここで上りの「なすの270号」に乗りこみ、9号車のグリーン車に乗っていた土屋健次郎をトイレで殺したことになる。

そして、大宮で降りて、アリバイ作りのため、下りの東北新幹線に乗ったとなる。

問題は、土屋健次郎が上りの新幹線「なすの270号」に、どこから乗ったのかということである。

トイレで発見された死体から、新幹線「なすの270号」の乗車券がみつかっていないのだ。

犯人が持ち去ったとしか考えられなかったが、捜査本部は、乗車券のことは曖味にして、被害者、土屋健次郎は、始発の那須塩原から乗ったと発表した。

これは、必ずしも、いい加減なものではなかった。

前日の九月二十四日、土屋健次郎は、栃木で仕事をしていたからである。

福島地方は、東日本大震災で痛めつけられ、今度は、コロナである。

その福島をＧｏＴｏトラベルで、少しでも元気づけようと、首相の発案で、土屋健次郎が派遣されたのである。

土屋は、九月二十二日、二十三日、二十四日と、岩手《いわて》、福島、栃木の街を訪ね、知事や市長たちに会い、ＧｏＴｏキャンペーンについて説明して歩いた。

北から南下する強行軍で、最後は那須塩原だったから、九月二十五日に、那須塩原発の「なすの270号」に乗ったとしても、別におかしくはないのである。

ただ、九月二十四日の夕食を、那須塩原市長と共にしたのはわかっているのだが、泊まった旅館、ホテルがわからないのだ。

九月二十四日の夕食を、土屋と共にした那須塩原市長に十津川がきくと、次のような返事があった。

「夕食の途中で、今夜は、どこにお泊まりですかときいたところ『もう決めております』という返事でした。土屋さんは、五年前に奥さんを亡くされたときいていたので、旅に出た時は、自由に動きたいのだろうと解釈して、詳しくはおききしなかったので、あの日、どこにお泊まりになったのかは、わからないのです」

したがって、九月二十四日に土屋がどこに泊まったのか、今もわからないのだ。

那須塩原に泊まったのかもしれないし、新白河《しんしらかわ》、宇都宮かもしれない。ひょっとすれば小山に泊まり、その時、平川と新幹線の小山駅で落ち合って、一緒に「なすの270号」に乗ったことだって考えられるのだ。

事件の半分は、空白のままの感じだった。

5

突然、捜査本部宛てに、一通の手紙が送られてきた。

差出人の名前はなかった。

〈土屋健次郎を殺した犯人は、まだ捕まりませんか。

私は、彼のことをそれほど深くはしりませんが、一つだけしっていることがあります。それは、今の首相を裏切るようなことは、一度もしなかったということです。

同じ東北に生まれた土屋は、若い時から首相を尊敬していました。上級官僚の道を歩いている時に新型コロナが発生し、首相から内閣官房参与に呼ばれ、GoToキャンペーンの担当を命じられた時、彼がどんなに感動していたことか。

生まれつき、直情径行な性格ですから、時には首相に対しても、自分の考えを口にしたりしますが、それは首相を尊敬し、GoToキャンペーンを成功させたい一心からなのです。

それなのに土屋は、首相に対して反抗的だとか、意見が違って、首相に大声で怒鳴られたとか、東大出身の土屋は、地方大学出の首相を、本当は軽蔑しているのだといった言葉が飛び交って、土屋が、どんなに傷ついていたことか。

首相について、さまざまな批判があることは、私もしっています。

それは、当たっているものもあるとも思います。

でも、そんな首相を一番尊敬しているのは、間違いなく、土屋です。九月二十二日から二十四日まで、土屋は東北地方の被災地を、ＧｏＴｏキャンペーンで元気づけるために、首相の指示で回ることになりました。土屋が、この三日間が、気が進まないことを私はしっていました。その間に、土屋を担当から追い出そうとする企てがあることに、土屋は、気づいていたからです。

私は、最後の九月二十四日の夜、土屋とすごしました。土屋は、疲れた顔で、こういいました。

『案の定、私が東北にいる間に、私を担当から追放する企ては進行していた。でも、簡単には追い出されはしない。私にも少ないが、味方がいる』

しかし土屋は、九月二十五日に殺されてしまいました。

最後に、私にはなぜ、土屋が東北新幹線で帰京しようとしていたのかが、わかりません。

私には、ハイウェイバスで帰るといっていたのです。それも調べてくれません

か〉

十津川は、この手紙を刑事たち全員に見せた。

「まず、ハイウェイバスを調べて、土屋健次郎が、九月二十五日に予約していなかったかどうか、しらせてくれ」

第六章　コネ社会の犯罪

1

案の定、土屋健次郎は九月二十五日のハイウェイバスを予約しておきながら、キャンセルしていた。が、今のところ、このことが殺人事件に影響を与えるものではなかった。

土屋はハイウェイバスでの帰京を考えていたが、寸前になって東北新幹線での帰京に変えたことを意味しているだけのことで、犯行を確定するものではなかったからである。

土屋は、前々から命を狙われていて、九月二十五日に東北新幹線の上り「なすの270号」に乗ることになったのをしっていた犯人が、同じ列車内で、土屋を殺した。それは、前からわかっていたことである。

問題は、二つである。

一つは、なぜ土屋はハイウェイバスで帰京するつもりだったのに、急に東北新幹線に変えたのかということだが、本人が死亡しているので、調べるのは難しい。

もう一つは、平川敏生が犯人だとすれば、アリバイトリックを使って「なすの270号」の車内で土屋を殺したことになるのだが、平川は、土屋がハイウェイバスから東北新幹線に変えたことを、なぜしっていたかということだが、きいていたとしても、自分に不利になるようなことはいわないだろう。

それにしても、今回ほど捜査が難しいことはないと、十津川は思った。

コロナと、オリンピックと、首相を中心とした政府のせいだと、十津川は考えていた。

今回の事件で、殺された土屋健次郎も、容疑者の平川敏生も、今回のＧｏＴｏキャンペーンの案件では、首相の指示をうけて第一線で働いている人物である。

ひとりは官僚出身、もうひとりは民間出身である。

そのため、こちらが話をききたいと思う時に、事情聴取ができないのである。

それに、平川敏生は政府のコロナ対策担当の民間の委員で、政府の対応はおおむね問題なしと主張していて、その上、首相のお気に入りだから、警察も彼を容疑者扱いするのは難しいのだ。

加えて、現在の首相は気まぐれで、やたらにコロナとオリンピックの担当大臣や、担当官僚を増やしていく。

今回の殺人事件は、すべて多かれ少なかれ、コロナに関係している。したがって、担当大臣や官僚に話をきこうと思っても、簡単には話がきけないのだ。

例えば、藤原冬美がいる。

彼女は、関修二郎が死んだ今、唯一の証人である。

東武特急「リバティ会津111号」の車内で、平川敏生と秘書の小田切一夫に会った時の状況を確認したい時があるのだが、大久保敬の秘書になっている今、簡単に会って話をきくということができない。

現在、大久保は、コロナ問題下の政策立案者ということで、首相側近の内閣官房参与のひとりになっている。若手としては、首相の一番のお気に入りである。

特に、アメリカ新大統領バイデンとの交渉の時などには、大久保を傍らに置いておきたいらしいので、大久保の都合によって警察は、冬美の話をきくのが難しくなることがしばしばだった。

十津川は、

（やりにくい）

と、思うのだが、こればかりはどうにもならない。

現在は、何よりもコロナが優先するのだ。

その上、コロナ関連の大臣が何人もいたし、首相お気に入りの上級官僚や民間人がコロナについて、強い発言力を持っていたりするので、ややこしくなる。

そのことも心得ていないと、今回のようなＧｏＴｏキャンペーン絡みの殺人事件の捜査は、自然と難しくなってくる。

今回の殺人事件についても、
一　土屋健次郎に対する平川敏生の個人的な恨みなのか。
二　ＧｏＴｏキャンペーンの対応策が生んだ権力争いなのか。
それが、はっきりしないのだ。

それがわからないと、事件の真相に近づくことができない。

今回の殺人事件で政府との交渉は、副総監が当たっている。これも、コロナ禍ならではのことだった。

コロナがなければ、捜査の担当者、つまり十津川が、相手が大臣でも直接話をきく（もちろん、秘書を通じてだが）ことができた。

今は、それが難しい。

容疑者の平川敏生から、殺人事件について直接話をききたいのだが、コロナが邪魔をするのだ。

新しい感染者も、今のところ一日百人から二百人程度で、安定している。

社会全体も、コロナに対して、警戒感が薄れ、年末のＧｏＴｏトラベルキャンペーンを歓迎している。

この状況では、ＧｏＴｏトラベルキャンペーン推進派で、首相のお気に入りである平川敏生を、容疑者として追いかけ回すのは難しいのだ。

ＧｏＴｏトラベルキャンペーンの説明のため、国会で、野党の質問に答える。あるいは、その件で、今すぐ官邸にいかなければならないといわれると、平川の尋問に、待ったがかかってしまうのである。

現在、国家公務員、特にキャリア官僚の人事権は、政府（内閣人事局）が握っている。

それがここにきて、露骨になっている。

若い公務員たちの多くは、使命感を持って役所に入ってくる。その上「国家公務員は、全体の奉仕者であって、一部の奉仕者であってはならない」と誓って、公務員になってくるのだ。

それは、顔を政府に向けてのことではなく、国民に向けろということである。だから、公務員（第一、この名称も、パブリックサーバントの訳である）たちは、国民のためになることを考え、計画を立て、それを、課長、次長と上に持っていき、およそ局長クラスのところで、その計画は実現するのだが、今、その局長クラスの人事権を、政府が握ってしまったのである。

政府が、たびたび交代する場合は、さほど問題にはならない。局長まであがった計画に、現政権が反対しても、野党が政権を取れば、実現する可能性があるからだ。

だが、残念ながら、今の保守政権は、一度だけ交代したが、ほとんど長期政権である。

その長期政権が、人事権まで握ってしまったのである。

もちろん、正しく人事権を行使するのなら、問題はない。

残念ながら、なかなかそうとはならないのである。

一番の問題は、各省庁から局長名で、事業計画があがってくる。決定権は政府にあるし、その上、人事権まで握ってしまっているのである。

その事業計画の立案者の局長が、気に入らない。例えば、政府の悪口を口にするとか、野党と仲がいいとなると、それが気に入らなくて、国民のためにと考えた事業計画に反対する。「あの局長では、この事業計画は荷が重いだろう」とか「実行は地方の民間でやるとなっているが、それではまず実現不可能だよ」などと、いう。

その地方の民間団体は、現政府が育てあげたものだから、NOといっているのと同じである。

そうなると、省庁のほうも忖度して、あの局長の名前の事業計画は、提案しても実現しないと考えてしまう。

最近、同じような問題が多くなってきた。

それだけ、公務員の仕事が難しくなったということである。

「今や、公務員たちは国民に背を向け、政府の顔色ばかりを窺っている」

と、いう人もいる。

十津川も、そんな空気を敏感に感じ取っていた。

時には、政府の介入が露骨である。

その一例が、自分たちに都合のいいように、ある省庁の文書を改竄《かいざん》させ消させたことである。それを命じられた若い公務員は、自殺した。さすがに、この時は、政府と、それを命じた省庁のトップが批判されたが、一方で、ますます、局長以上の上級官僚は、政府の顔色を見るようになったと、十津川は感じていた。

それを、十津川は、仕方がないと見ていた。

各省庁には、局長以上が十人前後いる。

そのなかから、官僚の最高の地位といわれる事務次官になれるのは、たったひとりだけである。

もし、人事権を握った政府に睨まれたら、事務次官には、まずなれない。となると、省庁時代に、民間とコネを作っておくか、政界に打って出るしかないが、保守党が圧倒的に強い今の政界では、現政権に睨まれて、政界で生きていくのも難しいのだ。

公務員も人間だから、出世したいのは当然である。

だから、現政権に睨まれたくないというのも無理はないと、十津川は思ってしまう。

警視庁でも、副総監は、忖度の固まりに見える。別のいい方をすれば、苦労人ということなのである。

その副総監が、今回の殺人事件に限って、政府との交渉に当たっているのだから、十津川としては、何ともやりにくい。

十津川から見れば、平川敏生は、殺人事件の容疑者だが、政府から見れば、GoToキャンペーンやコロナ対策の大切な委員なのである。その上、平川は首相のお気に入りだから、何かといっては連れ歩き、傍らに置いて、意見をきく。そうなると、十津川たちは、自由に尋問することができない。

そこで、自然に被害者である土屋健次郎の周辺を調べることになる。

その収穫の一つが、ハイウェイバスの一件なのだ。

2

(なぜ、九月二十五日に予約していた、東京に帰るハイウェイバスを、土屋は、キャンセルしたのだろうか？）

十津川は、平川敏生を容疑者と断定して、その確信は、変わっていない。

問題は、証拠である。

平川敏生を直接、捕まえて尋問したいのだが、コロナ問題で、なかなか捕まえられないのである。

「現在、わが国の最大の問題はコロナで、その解決のために、平川先生は首相がもっとも必要とされている人物である。これといった証拠もなく、勝手に拘束して尋問することは、絶対に許されないよ」

と、副総監にいわれてしまえば、十津川は、引きさがるより仕方がない。

したがって、被害者の土屋健次郎のほうに一つの発見があったことは、十津川にとって喜びだった。

土屋健次郎が、ハイウェイバスを予約していた。

九月二十五日、帰京のバスである。

このバスで帰京していたら、たぶん、土屋は殺されなかったろう。

逆に考えれば、犯人が土屋の帰京ルートを、どんな手段を使ったのかはわからないが、東北新幹線に乗り換えさせたということである。

そのため、犯人は、東北新幹線「なすの270号」の車内で、土屋を殺すことができたということである。

「この工作を、いったい誰が、どんなふうにやったのか」

十津川は改めて、土屋健次郎という男について、調べてみることにした。

土屋は、現在五十歳。東大法学部を卒業後、旧大蔵省に入省。順調に昇進し、内閣官房参与に抜擢された。

コロナの発生と同時に、首相官邸づめになった。財務省出身内閣官房参与という立場上、最初から彼の立場は、コロナ禍のなかでの経済再建である。

当然、緊急事態宣言が解除されると、首相を補佐して、経済のアクセルであるGoToトラベルキャンペーンの推進をしている。

それにもかかわらず、なぜか民間出身の内閣官房参与の平川敏生のほうを、首相は、重用してきたといわれている。

それは、首相がコロナ問題で会う回数と時間にも、はっきりと現れていたという。このことについて、土屋のことをよくしる友人、知人たちにきくと、全員から同じ答えが返ってきた。

「土屋は、頭が切れる優秀な官僚だったが、お世辞の一つもいえないんだ。いや、自分では精一杯、親しみを示しているつもりなんだが、どうしても官僚の地が出てしまうんだ。首相のほうも、あのとおりの不愛想さだから、二人がうまくいくはずがないんだ」

「その点、平川さんのほうは世馴れていて、気難しい首相にうまく取り入っているから、首相だって楽しいし、平川のほうとのつき合いが多くなってくる」

確かに、首相も平川と一緒にいる時が、一番楽しそうに見える。そんなテレビニュースの場面を見たりすると、十津川は一つの思いに支配されてしまうのだ。

日本は近代国家である。

憲法を持ち、三権分立である。

教育でいえば、義務教育制であり、数多くのノーベル賞受賞者を生んでいる。

生活の豊かさも、アジア一に近い。

夜、急病になれば、救急車を呼んで、すぐに入院することができる。

治安もいい。だが、

(この国の社会は、いったい何の力で動いているのだろうか?)

と、考えこんでしまうことがある。

中国は、隋《ずい》の時代から科挙《かきよ》という試験制度があり、現代にも繋がっている。

韓国も同じである。

当時から、官吏《かんり》になるためには、科挙という試験に合格する必要があった。今の日本の国家公務員試験である。

もちろん、そのための弊害もあった。李白《りはく》や杜甫《とほ》という素晴らしい詩人たちが、科挙に合格しなかったり、低いレベルの科挙にしか合格できなかったために、希望する都に住むことができず、遠い地方都市に追いやられている。

そのため、彼らの詩には、科挙に合格しなかったために、都に住むことのできぬ望郷を謳ったものや、地方に追われる友とのわかれを謳ったものが多い。

科挙の制度のなかった日本は、どうやって役人たちを採用していたのか。

江戸二百五十年は平和で、各種の制度も整い、文化も発達していたといわれている。

この時代の役人といえば、旗本たちである。

科挙の制度がないから、旗本の家に生まれれば、よほどの幸運に恵まれない限り、旗本で終わる。

それでも長男に生まれれば、父親と同じ禄高（給料）をもらえるが、次男、三男になると、無禄のまま終わる。部屋住みの悲哀である。

科挙の制度がないから、出世の道もないことになる。

でも、出世の道は、まったくなかったというわけでもない。

唯一の方法は、コネである。

ある旗本の息子は、計算が早いから勘定方に抜擢して使ってみようと、上役が考えて、そのコネで勘定方で出世する。科挙の代わりだが、こんな幸運は多くはない。

では、どうやってコネを作るか。手っ取り早いのは、金である。

金のある商人が、養子縁組で旗本の家に入ったりする話があるが、これも、日本に科挙の制度がなかった弊害だろう。

コネがないと出世できない。そのコネを作るために、大金を使う。賄賂である。田沼意次《たぬまおきつぐ》などは、その典型的な例といってもいいだろう。

それなら、日本にも、科挙の制度を作ればいいと思うのだが、これが、なかなかできなかった。たぶん、過酷な受験戦争より、コネのほうが日本人には向いているのだろう。やさしいのだ。

それでも、戦後、日本にも国家公務員制度が生まれ、役人になるのは、国家公務員試験に合格する必要ができた。

日本版科挙の制度だが、国家公務員試験というのは、日本人が作ったものではなくて、アメリカが、日本に持ちこんできたものである。だから、国家公務員という名前も、パブリックサーバントの翻訳である。

昭和二十五年、戦後すぐというより、アメリカの占領中に持ちこまれたものだが、この頃、アメリカが同時に持ちこんだものに「同一賃金・同一労働」がある。

これも「イコール　バイ　フォー　イコール　ワーク」の翻訳である。

先日、日本の経団連の今年の目標が新聞に出ていたが、それが「同一賃金・同一労働」としって、驚いた。

アメリカが七十年も前に持ちこんだ政策が、七十年後の今、目標になっているのだ。

やはり科挙と同じで、日本人には向いていない思想なのだろう。

例えば、日本人には「仕事に対して賃金を払う」という考えはなく「その仕事をしている人間に対して賃金を払う」という思想である。

似ているようで、まったく違うのだ。

これが、日本人の考える賃金である。

そのいい例が、昔は、社長が社員のひとりひとりに、袋に入った月給を払っていた。その袋のなかにいくら入っているのか、社長しかしらなかった。本人もしらない。

アメリカでは、そういうことはない。同じ運転手の仕事をしている労働者は、袋のなかの金額は、自分と同じ金額だとわかっているからだ。

日本の場合は、そう簡単ではない。そこにはコネが入ってくるからだ。

この男は、同じ運転手だが、先日、子供が生まれたときいた。それなら、お祝いに二千円、余分に入れてやろうと考える。それで、簡単に「同一賃金・同一労働」は崩れてしまうのである。

もちろん、プラスに作用するだけではない。社長が、日頃の運転手の勤務態度を考えて、少し反抗的だから、懲らしめてやろうと思って、千円引けば、それでも「同一賃金・同一労働」は簡単に崩れるのだ。

経団連がここにきて、いきなり「同一賃金・同一労働」を叫ぶのは、近代的な労働賃金の確立ということではなく、生産性を考えてのことだろう。

この労働にふさわしい賃金といいながら、日本の場合は、家族手当とか、交通費とか、物価手当とか、さまざまな付属物がついている。いわば、コネ的報酬である。

アメリカ的に、そうしたコネはまったくなくして、仕事への賃金を大きくするのが、近代的な雇用だろうが、そうすると、使用者は生産性が悪くなる。賃金を多く払わなければならないからだ。

そこで「同一賃金・同一労働」といっても、アメリカ的なものではなく、いかにも日本的な奇妙な「同一賃金・同一労働」になってくる。恩恵の部分を大きくしておけば、新人を雇う時、その部分をカットできるからである。

十津川は、いつも、ここで捜査方針に疑問をもってしまう。

外国の場合、事件の根には権力闘争があることが多い。その権力闘争も、多少、複雑であっても、あくまでも権力闘争である。だから、論理的に解明しやすい。

だが、日本の場合は、一見すると権力闘争のように見えて、実際にはコネの争いだったり、コネが本当の動機になっていたりするのだ。

前首相が、四国に大学の獣医学部新設の認可をする時、さまざまな利権の介在が疑われ、野党の質問を浴びたが、前首相の答弁は、長年の友情であった。

それで通してしまい、前首相は、利権は一切介在せず、友情だけだから、一片の野心も利権もないと胸を張ったが、考えてみれば、不可解な話である。実体のない友情というもので、何千億円もの国の予算を使ってしまうのだから。

これも、日本ならではのコネである。それほど、この日本では、江戸時代も今もコネが生きているのだ。

(今回の殺人事件も、コネが生きているのではないか)

と、十津川は、考えたのだ。

平川敏生という容疑者が見つかった時、十津川は、これで今回の殺人事件は、解決したと、思った。

だが、尋問もできない。コロナ戦争のため、首相が、お気に入りの平川を連れ歩くからである。

コロナ禍という国難の時でも、好悪で人事が動いているのだ。十津川は、危うさを感じると同時に、これが日本なのだという気もしてくる。

議論を戦わせることが苦手で、争うことが嫌いな国民らしいが、コネだけで政治まで動かして、はたして大丈夫なのだろうか。

そんなことを考えていた時、十津川は突然「旅と人生」の編集長、田所登《のぼる》が倒れたというしらせを受け取った。

その瞬間、十津川は、

（しまった）

と、思った。

田所編集長には注意するようにと、自分にいいきかせていたのに、藤原冬美が安全地帯に入ったことで、雑誌関係は安全と、考えてしまったのである。

（田所編集長に、もっと注意を払うべきだった）

と、後悔した。

すぐ地元の警察署に電話を入れてみると、昨夜遅く、新宿歌舞伎町《かぶきちょう》のいきつけのバーで飲んでいて、店を出たあと、酔った若い男とぶつかったことから喧嘩になり、殴られて転倒。病院に運ばれたが、意識不明の重体だというのである。

十津川は亀井とすぐ、運ばれた救急病院に走ったが、間に合わず、亡くなってしまっていた。

「すぐ警察に届けました」

と、医師はいったが、十津川は、歯がみをした。

新宿署に回ると、この事件を担当することになったという若い刑事が、十津川にいった。

「緊急事態宣言が解除されて、新宿などの飲み屋街にも酔っ払いが増えているので、酔っ払い同士の喧嘩も、これから増えると思います」

「違うんだよ」

十津川は、思わずいった。

若い刑事は、びっくりして、

「私は、酔っ払い同士の喧嘩だときいているんですが」

「メリケンサックという、指にはめる武器があるだろう。犯人に、それで殴られた跡があるんだ。酔っ払いが、そんな物騒なものを指にはめて、喧嘩をするか。それに犯人は、真正面から被害者を殴っているんだ。つまり、相手を、田所登と確認した上で殴っているんだよ」

「最初から殺す気ですか」

「だと思う。ただ、人がきて逃げたんだ。それでも、助からなかった」

と、十津川は、いった。

冬美の話では、編集長の田所登は、取材旅行について独裁的に決めていて、行き先はもちろん、日時や予算、列車の切符や取材の相手も彼が決めていたという。

冬美と関修二郎のコンビは、最後に、行き先などを決められ、切符なども渡されたと、いっていた。

冬美たちは、田所編集長に渡された九月二十五日の東武鉄道の特急「リバティ会津111号」の2号車に乗ったのである。

そして、列車の次の停車駅、とうきょうスカイツリー駅から乗ってきた平川敏生と秘書に出会ったのである。

そして、平川のアリバイ作りを手伝う形になったのだ。

田所編集長が、冬美と関修二郎のコンビに別の日か、いや、同じ日でも一列車前かあとの列車に乗るように命じていれば、二人は、平川敏生に会うことはなかったのだ。

疑ってかかれば、田所編集長は、冬美と関のコンビに、平川敏生に殺人のアリバイを作らせるために、特急「リバティ会津111号」に乗らせたのかもしれないのである。

今まで、田所編集長と平川敏生との関係は浮かんできていないし、土屋健次郎との関係も、同様である。

しかし、何といっても、コネ社会日本である。

簡単なことでも、コネができるのだ。

十津川自身にも、その経験があった。

彼が、都内の公会堂の警備に駆り出されたことがあった。

その公会堂の十周年記念に、首相が挨拶にきたことがあった。公会堂の名づけ親が、首相の友人だったからである。

もちろん、首相には身辺警護のＳＰが何人もついているから、十津川たちの役目は、公会堂全体の警備だった。

結局、何事もなく終わったのだが、総選挙が近かったせいか、首相の秘書が何人か同行してきて、サービスに努めていた。

十津川に向かっても、

「何かお困りのことがあったら、ぜひ話して下さい。ご相談にのらせていただきますよ」

と、いう。

選挙目前だとわかっていても、二度三度といわれるので、

「実は、わが家の近くに、小さな林があります。国有林で、林のなかを散策する

人も多いのですが、先日の台風で何本かの杉の大木が倒れて、歩けなくなっています。営林署に何日か相談にいっているのですが、埒があきません」

と、話した。

その林の近くの人たちが、困っているときいたからである。昔は、杉の木が建築材として高く売れたので、営林署がすぐに倒木を運び出したのだが、最近は輸入材が安いので、倒木も、なかなか片づけてくれないのだという話もきいていた。

その二日後である。首相秘書と、そんな話をしたことも忘れていた。

ところが、早朝から突然、十五、六人の作業員がやってきて、林のなかの倒木を片づけ始めたのである。予算がないとか、人手が足りないとかいって、何度の陳情にも何もしてくれなかった営林署が、大勢の作業員を連れてきて、あっという間に、散策の道を塞いでいた数本の杉の倒木を片づけてしまったのである。

十津川はそのあと、首相にも秘書にも礼をいったこともないし、会ってもいない。

第一、その秘書の名前もしらないし、今、どうしているのかもしらないのである。

それでも、あの瞬間、十津川と秘書の間にコネが生まれ、それが力を発揮したことは間違いないのである。

これこそ日本のコネであり、社会は多くの場合、コネで動くのである。

十津川は、それを忘れてしまっていた。

「旅と人生」の田所編集長と平川敏生の間に、どんなコネがあったのかはわからない。

だが、田所編集長は、冬美と関の二人を九月二十五日の東武鉄道の特急「リバティ会津111号」の2号車に乗って、会津地方の取材にいけと命令するだけのコネを持っていたことではないのか。

なぜ、田所編集長が今回の殺人事件の重要な鍵を握っていることに気づかなかったのかと、十津川は、悔やんだ。

しかし、田所編集長は、死んだ。

いや、口封じに殺されてしまった。

田所編集長が殺されたことで、問題のコネについて、きくことはできなくなった。

一応、田所編集長と平川敏生との間に、どんなコネがあったのか調べさせたが、刑事たちの盛んな聞き込みにもかかわらず、見つからなかった。

それでも、田所登という男と平川敏生の共通点を調べる。

年齢、出生地、出身校、いずれも違うし、重なる点もない。

十津川は、本人だけではなく、妻子についても調べさせた。

田所登は、三十三歳の時、同じ大学の後輩、綾子《あやこ》と結婚している。晩婚である。

その後、子供はできず、夫婦で平凡な生活を送っている。共働きで、文才のある綾子は、記者の取材原稿の校正をしている。

一方、平川のほうは、妻の邦子も、かなり派手である。政治家や有名人とのつき合いもある。

娘のかおりは、現在、アメリカに留学中である。

なお、田所の妻と平川の妻との間にも、何の関係もない。

年齢も違うし、出身校も違う。

生活の場所も違う。平川の家は目黒《めぐろ》区内の、いわゆる高級住宅街にあり、普段の買い物も高級で有名な店でする。

田所の家は、私鉄の商店街近くのマンションで、買い物は、ほとんど一般的なスーパーですます。つまり、二人の間に、交差する場所も時間も見つからなかった。

大袈裟ないい方をすれば、二人の女性は、生まれた時から死ぬまで、交差することはないだろうという感じだった。

それでもなお、十津川は、しつこく平川と田所のコネ関係を調べさせた。

十津川は、部下の刑事たちに、いった。

「最近、日本社会というのは、世界的に見て、非常に特殊だと思うようになった。生活は近代化しているのに、生活の根にあるのは、コネなのだ。それが人間関係の根底にある。犯罪にもその精神が生きていて、今回の殺人事件のどこかにコネが働いていると見ている。例えば、一宿一飯の義理という言葉がある。一日泊めてもらい、一食を馳走になったら、命がけでその恩に報いようということだ。外国なら、泊まりでいえば、金銭を払って終わりにして、それであとを引かないが、日本では、そうはいかないのだ。泊めてもらったほうは、借りを作ったと思い、泊めたほうは貸しを作ったと思い、それがいつか生きてくる。ややこしい掟というか習慣だが、今でも生きている。今回の事件でも、それが働いているのではないか。だから私は、田所編集長が、殺人事件の片棒を担いだと見ている。だから、田所と平川の間に、どんな形のコネがあったのか、何とかして見つけたいんだ」

だが、十津川の考えるコネは、なかなか見つからなかった。

平川と田所の間にも見つからないし、二人の家族の間を調べても、何も出てこないのだ。

だが、何もないのなら、田所編集長が、わざわざ関と冬美のコンビを、九月二十五日の特急「リバティ会津111号」の、それも2号車に乗っての取材を命じるはずはないと、十津川は思うのだ。

偶然を装ったアリバイ作りだ。

つまり、最初から作られた、平川との出会いだったのだ。

だからこそ犯人は、ここにきてその作られたアリバイが崩れそうになったので、田所を殺したのではないのか。

十津川の激励を受けて、刑事たちが走り回った。

三日目の夜になって、若い日下刑事が、興奮した表情で十津川に報告した。

「やっと見つけました。二人の接点ですが、平川と田所の、直接の接点ではありませんでした。だから、わからなかったのです」

「いいから、とにかく話せ！」

十津川は、じれて、珍しく大きな声を出した。

「平川家に、渡辺隆《わたなべたかし》という五十歳の運転手がいました。十年間、平川家で働いていたベテランの運転手です。二年前の三月二十五日、平川の奥さん平川邦子が関西から帰ってくるのを、車で東京駅まで迎えにいきました。車はベンツです。時間が迫っていたので、スピードをあげたため、目黒通りで、ちょうど夕食の材料を買いに自転車で出かけていた田所の妻である綾子を引っかけてしまいました。運転手の渡辺はすぐに救急車を呼び、綾子は近くの病院に運ばれました。ただ、渡辺としては、平川の名前を出さずにすませようと考え、すべて自分の名前ですませました。だから、この事故については、渡辺運転手の名前と、田所の奥さんの名前しか出ていません」

日下は、二年前の新聞の写しを、十津川に見せた。

確かに、小さな扱いである。

田所綾子と渡辺隆の名前しか出てなく、綾子は一カ月で退院している。

「しかし、これでは、田所のほうの、平川に対する貸しじゃないか」

「これだけでは、そうなります」

「田所のほうは、加害者の渡辺隆が、平川敏生の家の運転手だということは、しっているんだろう？」

「もちろん、しっています。綾子の夫の田所は、何といっても、マスコミの人間ですからね」

「しかし、それでも、貸しがあるのは田所側で、借りがあるのは、平川側になってしまうね」

と、十津川が、いった。

これでは、田所が、危険を冒してまで、平川敏生のアリバイ作りを手伝ったりはしないだろう。

そこで、十津川は、日下の摑んだ交通事故について、もう少し調べてみることにした。

この交通事故を扱ったのは、碑文谷《ひもんや》警察署の交通課である。

そこで、十津川は日下を連れて、交通課の石原という刑事に会った。

「その交通事故のことは二年前ですが、よく覚えています」

と、石原が、いった。

「深沢《ふかざわ》方面からやってきた白いベンツが、いわゆるママチャリに乗っていた女性をはねた事故です。軽い接触でしたが、自転車というのは、簡単にぐにゃりとなります。ただ、ベンツを運転していた男性が逃げずに、すぐ救急車を呼んでくれましたので、大した怪我にならずにすみました」

「はねられた田所綾子は、一カ月の入院で退院したんだね？」

「ええ、そうです。軽傷だと思ったんですが、骨折した左足が完全に治って、歩けるようになるまで、意外と時間がかかりました」

「治療費は、もちろん、渡辺運転手が払ったんだろう？」

「そうですが、病院への支払いは、なぜか保険ではなく、現金で払っています。ひょっとすると、保険に入っていなかったのかと思って調べてみましたが、ちゃんと保険に入っていました」

「保険は、渡辺隆名義じゃなかったんだろう？」

「そうなんです。そこのところが不思議だったんですが、すべて終了していたので、そのことは課長には報告しませんでした」

「保険の名義が、何という名義になっていたか覚えているか？」

「確か、平野か平川だったと覚えていますが、この交通事故が何か問題になっているんですか？」

と、石原がきく。

「いや、君はもう忘れていい」

と、十津川は、石原刑事の肩を軽く叩いて碑文谷署を出た。

次に向かったのは、田所綾子が運ばれた東急東横線《とうきゅうとうよこせん》の自由ヶ丘《じゆうおか》駅近くの病院だった。

そこで一カ月の間、田所綾子を診た外科医師に会った。

その医師は、笑いながらいった。

「不思議な患者でしたね。怪我は左足の骨折だけで、ほかには何の問題もなかったので、二人部屋でも三人部屋でもよかったのですが、退院するまでずっと個室の特別室に入っていましたね。おかしいのは、彼女をはねた渡辺さんかな。別に個室じゃなくても治療には差し支えありませんといったのですが、いいから特別室にして下さいといい張りましたね。最初から、不思議な人だなと思いましたね。わざわざ高い治療費を払おうというんですから」

「しかし、今は、その理由がおわかりになったのではありませんか？」

「支払いの時にわかりました。問題のベンツは、渡辺さんの車ではなくて、社長の車だったらしい。その車を運転していて事故を起こしてしまったのです。社長が、かなりの有名人なので、社長の名誉が傷つくようなことはできないので、渡辺さんは全部、自分のせいにしていたんだと思いますがねえ」

と、医師は、いう。

「社長にあたるのが、平川敏生という人間だということも、ご存じですか？」

十津川はきいた。

「ええ、しっています」

医師がうなずいた。

十津川は、少しばかり驚いた。

「会っているんですか？」

「たぶん、入院した田所綾子さんのご主人がマスコミの関係者なので、調べたんじゃありませんかね。入院した直後に田所さんが病院にやってきて、奥さんの様子をきいてから、渡辺さんのことを私にきいたあと、実際に会ったらしいのです。今もいったように、マスコミ関係者だから、渡辺さんの背後に社長に当たる人がいることに、気がついたんじゃありませんかね」

「田所さんは、渡辺さんの上に平川敏生さんがいることをしっていたと思いますか？」

十津川は、つづけてきいた。

「警察は、どうして、それを問題にしているんですか？　二年前に終わった交通事故だと思いますが」

と、医師が、不思議そうにいう。

そこで、十津川は、捜査の実情を打ち明けることにした。

まず、政府のＧｏＴｏキャンペーン推進役の土屋健次郎が殺され、平川敏生が容疑者になっていることを話した。

もちろん、このことは、医師もしっていた。

コロナ騒ぎの最中だったし、新聞、テレビが大きく取りあげていたからである。

ただ、十津川が注目した、田所編集長の件についてはしらなかった。

だから、医師は当然、首をかしげた。

「二年前に、田所綾子さんの治療に当たりましたが、刑事さんのいう殺人事件と関係があると思ったことはありませんよ。何か誤解されているんじゃありませんか？」

本当に、関係があるとは思っていない医師の表情だった。

「加害者の渡辺さんには、会っていますか？」

「はい。渡辺さんは真面目な人でしてね。毎日のように見舞いにきていて、患者の田所さんが恐縮していました」

「それは、渡辺さんからききました。社長とか、先生の車だといっていましたか？」

「加害者の渡辺さんが、車のオーナーではないことは、しっていましたね。しかし、自分が運転していた時の事故だから、オーナーは関係ない。すべての責任は、自分にあるといっていました。そのとおりだと思いましたし、そのことを立派だと感心しましたがね」

「車のオーナーは、平川敏生という人間です」

十津川は、大声で、いった。

「しかし、交通事故とは関係ないでしょう。あくまでも、運転手さんが起こした事故なんですから」

医師も、声が大きくなった。

「平川敏生が、田所綾子さんの見舞いにきたことはありましたか？」

「いや、私がしる限りでは、見かけていませんよ」

「田所綾子さんは、車のオーナーが見舞いにこないことに、文句をいったりしていましたか?」

十津川がきくと、医師は笑って、

「彼女は、そんなことをいう人ではなかったですよ。それに、渡辺さんがあんなに尽していたんですから、オーナーを呼びなさいみたいなことをいえる雰囲気じゃありませんでした」

「そのあと、渡辺運転手とお会いになっていますか?」

「一度だけ、お会いしています。田所綾子さんが退院した一週間後に、わざわざこちらに見えて、今回はありがとうございましたと、そう挨拶されました。その姿を見て、つくづく、真面目な人なんだと思いました」

「渡辺さんが、一番気にしていたのは何だったと思いますか?」

「もちろん、自分がはねた田所綾子さんの症状だったと思いますが、オーナーの車で事故を起こしたこともそうでしょうね。だから、すべて自分の責任だといったんだと思いますよ」

と、医師が、いう。

十津川は、病院に告げた渡辺運転手の住所を訪ねてみることにした。

医師の話では、渡辺は、二つの名刺を持っていたという。

一つは平川敏生事務所の運転手の名刺で、もう一つは、完全な個人の名刺だという。

「渡辺さんは、今回の件では、個人的な事故なので、こちらの名刺にして下さいといっていましたよ」

と、医師は、いう。

渡辺が、あくまでも、自分が仕えるオーナーの評判を傷つけまいと思ったのか、意地悪く考えれば、平川敏生が、そういうことにうるさかったということなのかしれなかった。

渡辺の住んでいるマンションは、田園都市《でんえんとし》線の桜新町《さくらしんまち》にあった。

現在、渡辺は平川事務所の運転手をやめ、タクシーの運転手をやっているという。

「あれから、平川先生がＧｏＴｏキャンペーンやコロナ対策の民間から政府の内閣官房参与になり、運転手がつくというので、私もやめさせていただいて、タクシー運転手を始めました」

と、渡辺は、笑顔でいった。

「平川さんとは、今でも時々、会っていますか？」

「いや、平川先生は、コロナ対策でお忙しいんでしょう。まったくお会いしていません」

と、いう。

「田所綾子さんとは、どうですか？」

「退院されてから一度、お礼の手紙をいただきましたが、そのあと、コロナ問題が起きました。ご主人と雑誌をやっておられるとかで、お忙しいときいたことはあります。あの交通事故のあと、お会いしてはいません」

「九月二十五日に、政府のＧｏＴｏキャンペーン推進役の土屋健次郎という人が、東北新幹線の車内で殺されたんですが、この事件のことは、しっていますか？」

と、十津川は、きいてみた。

「事件のことはしっていますが、自分とは関係がないので、殺された方の名前も覚えていません。土屋さんというお名前なんですか？」

その言葉には、嘘がない感じだった。

とすれば、この渡辺運転手とは関係なく、田所登と平川敏生とはコネを作った。

コネができていたということなのか。

十津川は、それでも諦めず、四谷《よつや》にある旅と人生社に、もう一度、日下と回ってみることにした。

3

オーナーで、編集長でもあった田所が亡くなったので旅と人生社は、閉まっているのではないかと思っていたが、妻の綾子が新しく社長になり、忙しそうに仕事をしていた。

綾子は、元気だった。

「政府は、ＧｏＴｏトラベルキャンペーンをやったり、コロナはもう克服したみたいなことをいっていますけど、感染者が少しずつ増えているのを見ると、今のまま何もしなければ年末になって、感染者は爆発的に増えて、また緊急事態宣言を出さなくてはならなくなると思っているんですよ。そうなれば、旅行のできるうちに、秘境の景色なんかを撮り集めて写真集を作り、それを売ろうと思っているんです。旅行好きの人が旅行に出ることができなくなれば、せめて写真でもという気になりますからね」

と、いう。

「十二月頃に危なくなりそうだというのは、どこからの情報ですか？　平川事務所あたりからの情報じゃありませんか？　政府の対策委員のなかには正直に危険を警告している人がいて、そのあたりからの情報じゃないんですか？」

十津川は、そういって迫ってみたが、綾子は、

「あくまでも、うちの記者たちがＧｏＴｏトラベルキャンペーンの下の日本各地を取材にいっての感想をまとめたもので、政府の委員会とは、何の関係もありません」

と、きっぱりいう。

「平川敏生さんをしっていますか？」

十津川は、最後に話題を変えて、きいてみた。

一瞬、綾子は目をそらしたが、

「有名な方ですから、お名前はしっていますが、お会いしたことはありませんわ」

と、いった。

「そうですか」

と、十津川は、一応、うなずいてから、

「四月に、政府が突然、緊急事態宣言を発出してから、五月二十五日に解除になるまで、旅行ができなかったから大変だったでしょう。旅行が売りの雑誌を出していらっしゃるんだから」

と、十津川は、いった。

「確かに大変でしたけれど、緊急事態宣言はいつか解けるものですから、それほど大変じゃありませんでした」

「実は、捜査のため、申しわけありませんでしたが、緊急事態宣言中の、旅と人生社、おたくの経営状況を調べさせていただきました」

「――――」

「五月の連休直後に、S銀行から一千万円の振り込みをやっておられますね。相手は、高田不二男《たかだふじお》という個人の名前になっています。この高田不二男さんというのは、どういう方ですか？」

「主人の昔からの友人です。成功された方で、突然訪ねてきて、困ったことがあれば力になるとおっしゃって下さいましてね。主人は、それでは申しわけないが、一千万円ほどお借りできないかといって、貸していただいたのです。もちろん、もう返済しています」

「それは、どういう形ですか？」

「振り込みで。それが向こうの希望でしたから」

「どうも不思議なのですよ」

「何がでしょうか？」

綾子は、怪訝な表情を浮かべた。

「高田不二男さんという方で、こちらに一千万円を振り込む時も、わざわざ現金をS銀行に持ちこんで、こちらの口座に振り込んでいるんですよ。成功した資産家なら、銀行に預金があるでしょうから、その口座から振り込めばいいのに」

「ああ、そのことですか。高田さんは、現金しか信用しないんですよ。でも、こちらは振り込みになったのです」

と、綾子は、にっこりする。

「その奇特な高田さんという方に、私も会ってみたいのですが、紹介していただけませんか？」

「それは無理です。高田さんも警察の方に会うのはいやでしょうし、個人情報に関することですから」

あっさり断られてしまった。

もちろん、十津川は、別の考え方をしていた。

田所は、平川の運転手だった渡辺が自分の妻を車ではねて入院させた時、平川敏生が政界に通じていて、奇妙な人気があることをしり、ひそかにコネを作っておいたのだ。

日本社会では、何よりもコネがものをいうと信じていた田所は、平川に、コネをつけた。

そのあと、コロナ騒ぎが起き、平川は、コロナ対策の民間人の内閣官房参与として、政府に関係することになった。そうなれば、なおさら、二年前の渡辺運転手の事故を気にするだろう。

そこで、それとなく旅と人生社の経営が苦しいことを告げたのではないのか。コネが武器になったのだ。

平川も、一千万円を、ただ田所にくれてやったとは思われたくない。

平川は、田所に、貸しを作ったのだ。コネ特有の感覚だ。

あとで使う「貸し」だから、証拠は残せない。

だから、高田不二男という個人名で、一千万を貸した。たぶん、返済期限が決めのない金だろう。

そして、平川は、田所にアリバイトリックの片棒を担がせたのだ。

ただ、日本式のコネというやつは、奇妙な粘着力を持っていて、お互いが生きている限り続いていき、いつまでも拘束する。そのコネを切るには、相手を殺すか、こちらが死ぬしかない。

だから、平川側が、田所編集長を、酔っ払いの喧嘩に見せかけて殺したのではないのか。

もちろん、それをきいても、田所綾子がうなずくはずがない。

だから、十津川は、別の質問をした。

「ご主人の田所さんは、酔っ払い同士の喧嘩で殺されてしまいましたが、単なる喧嘩だと思っていますか？」

「違うんですか？」

と、綾子は、反論した。

確かに、喧嘩に見せかけた殺しだという証拠は、まだ見つかっていない。

「さっき、緊急事態宣言の解除も、ＧｏＴｏトラベルキャンペーンも、東京オリンピックも大変になったといっていましたね。その時にもう一度、お会いしたいと思います。同じ質問をしたいので」

と、十津川は、いった。

第七章　妄想の女

1

十津川は、まだ満足しなかった。

今回の殺人事件には、ほかにも目に見えぬコネが使われているに違いないと、確信した。

途中まで追いかけていた、事件当日の被害者のスケジュールを洗い直してみる必要がある。

土屋健次郎は、列車を使わず、ハイウェイバスで帰京するはずだった。にもかかわらず、そちらの予約を突然キャンセルして、東北新幹線「なすの270号」で帰京することにしたのである。

結果的に見れば、那須塩原からのハイウェイバスは、東京のバスタ新宿への直通だから、途中で殺されることもなかったことになる。

もう一つ、平川敏生が犯人だとすれば、土屋がハイウェイバスに乗っていたら、あのアリバイトリックは不可能になるので、平川は土屋を殺すために、彼を無理矢理に東北新幹線に乗せたということである。

なぜ、土屋は突然、帰京の手段を変えたのだろうか？

まず考えられるのは、土屋には、誰か連れがいたのではないかということである。

そうだとしても、別の帰京手段に変える必要はない。

それなのに変えたということは、何者かにいわれて変えたということである。

そして、その車中で、土屋は、殺されてしまったのだ。

考えられるのは、女性の存在である。

土屋は中年の男性で、妻を亡くしたひとり者だった。

彼女がいたとしてもおかしくはない。その彼女絡みの変更と考えるのが妥当なところだろう。

しかし、その彼女が、なかなか見つからなかった。

土屋は上級官僚である。彼女がいないほうがおかしいと、まず、同僚や部下にきいてみたが、彼女らしき女性はいないという返事しかない。

接待に使うという銀座のクラブにいき、ママやホステスに、土屋のことをいろいろときいたのだが、特定の女性がいる感じはなかったというのだ。

土屋の行動を変えさせたくらいだから、かなり深い関係の女性がいたと考えざるを得ないのだが、それがいくら調べても見当たらないのだ。

女ではなく、ほかの理由で、土屋が急に帰京方法を変えたのかと考えてみた。

しかし、前日、あるいは前々日の土屋の行動を詳細に調べても、ＧｏＴｏキャンペーンやコロナ対策の問題について地元の責任者と話し合い、その相談にのっているのは、内閣官房参与だから当然なのである。

それに、現地の責任者との話し合いや相談は、前日にすべて終わっていて、帰京当日まであとを引いてはいなかった。

やはり仕事絡みで突然、帰京方法やルートを変えたとは考えにくい。そんなことをする理由がないのだ。

とすれば、やはり女性ということになってくる。

どう考えても、二人でハイウェイバスに乗って帰京をするつもりだったが、何か不都合が生じたので、急遽、ハイウェイバスをやめて東北新幹線にしたと考えるのが妥当な線である。

「前日の酒宴には、地元の綺麗どころが顔を揃えていた。何しろ、中央の内閣官房参与が視察にいらっしゃったのだ。コロナ騒ぎがあっても、平気で宴会はやっただろう。綺麗どころだって集めて饗応した。酒に女というのは、サービスとして考えやすいものだからね。ほかにあるとすれば、あとは金か。そのなかの女性が、たまたま土屋に、自分も東京にいく用事があるので、明日一緒にいきませんかと誘った。どうも、そんなことだったような気がするんだよ」

十津川は、いった。

「その宴会の時に、初めて顔を合わせた女ですか？」

と、亀井が、半信半疑の顔で言葉を返した。

「土屋が昔からつき合っていたという女は、どうしても見つからないからね」

「だとすれば、そういうこともあるかもしれませんね」

「しかしねえ、一日だけのつき合いの女が、今回の事件で大事な役割、つまり、アリバイ作りに利用されたとは、私にはとても思えないんだよ」

と、十津川は眉を寄せた。いってはみたが、自信はなかった。

「しかし警部、いくら調べても、土屋と深くつき合っていた女は見つからないわけでしょう？」

と、若い日下刑事も、口を挟んだ。

「そうだ。出てこない」

「じゃあ、いないんですよ」

「とすると、犯人は、そんな簡単なつき合いの女を使ってアリバイ作りをしたことになる。私が想像するのは、今もいったように、東京に一緒に帰る約束をした。前日といったが、土屋は、三泊四日の東北視察をしているから、約束をしたのは、前々日かもしれない。とにかく、簡単な口約束だし、たぶん、女たちのひとりが軽くいったのだろうから、誰も覚えていない」

「しかし、ハイウェイバスを直前にキャンセルしたんですから、一緒に乗るはずだった女は、すぐに見つかるんじゃありませんか？」

「ところが、土屋はひとりで予約し、ひとりでキャンセルしているんだ。女は、一緒に東京にいきたいといって、あとからバスの予約をしたのかもしれないし、逆かもしれない。ともかく土屋は、二人分を予約したわけじゃないんだ」

「女が、急にいけなくなったといったとします。それでも土屋は、ハイウェイバスにそのまま乗って帰京してもよかったんじゃありませんか？」

と、三田村が、いった。

「確かに、そのとおりなんだ」

「犯人は、絶対のアリバイを作るわけですから、土屋には、ハイウエイバスには乗せず、東北新幹線に乗せなければならないわけです。女、それも一回ぐらいしか会ったことのない女に、急に一緒に帰京できなくなったといわれたくらいで、絶対にハイウェイバスに乗らないという約束にはなりませんよ」

「だから、どうすれば、土屋が必ず乗らなくなるか。そして、自然に新幹線利用になるわけだから、土屋には、ハイウェイバスをキャンセルさせなければいけないんだよ」

「犯人は、どうやったんでしょう？」

と、北条早苗刑事まで、議論に入ってきた。

「土屋は内閣官房参与で、ＧｏＴｏキャンペーンの旗振り役です」

亀井が、いった。

「現在の官僚は、政府に人事権を握られているので、政府のいうなりです。ですから、首相や大臣に、ハイウェイバスではなく東北新幹線で帰ってこいといわれれば、何も文句をいわずに、ハイウェイバスをキャンセルして、東北新幹線で帰京すると思いますが」

「確かに、カメさんのいうとおりだが、首相の周辺までが今度の殺人事件のアリバイ作りの片棒を担いでいるとは、とても思えないんだよ。そんなことなら、首相が大臣名で、さっさと土屋を馘にしてしまえばいいんだ。そのほうがすっきりするからな」

「しかし、誰がどうやって、土屋という上級官僚にハイウェイバスをキャンセルさせ、東北新幹線に乗せることができたのでしょう」

「難しいな」

「政治家か、コネのある実業家か」

「しかし、相手は、初めて会った女だよ」

十津川の言葉で、刑事たちは、黙ってしまった。
五、六分の沈黙のあと、亀井が、たたんであった新聞にマークをして、十津川に持ってきた。
「これじゃないかと思いますが」

そこには、大きな見出しに、亀井が赤インクで、印をつけてあった。

〈国会議員　コロナ騒ぎの最中に、クラブのママと銀座で酒宴。問題化！〉

確か、一週間ほど前の記事で、この国会議員は、テレビで一分間近く、頭をさげ続けたのだ。

「今、一番怖いのは、マスコミの目です」

と、亀井が、いう。

「しかし、今回の事件では、マスコミは、まだ介入していないよ」

「それでいいんです。とにかく、女と一緒のハイウェイバスで帰京することになっていたわけです。その女と示し合わせて、自称マスコミが土屋に電話をするんです。――仕事の帰りなのに、女と一緒にハイウェイバスで帰京するそうですね。そんなことをすると、要らぬ誤解を招くんじゃありませんか。女を片手に、視察行ですか。書かせてもらいますよ。それで、土屋は、震えあがると思うんですよ。絶対に、ハイウェイバスに乗らなくなることは間違いないと思います。それに、女のことも、絶対に喋らなくなると思いますね」

2

「これで、被害者の土屋健次郎が事件当日、予約していたハイウェイバスをキャンセルして、罠にかかる恐れのある東北新幹線に乗った理由もわかったし、女の名前が出てこない理由もわかった」

十津川は、大きくうなずいた。

「しかし、何とかして、その女を見つけ出す必要がありますね。今回の事件では、一瞬しか出てきませんが、事件の鍵を握っているわけですから」

と、亀井は、いう。

「私も見つけ出したい」

と、十津川は、いった。

「名前も住所も、スマホの番号もわからずに、見つけられますか？」

三田村が続く。

「第一、今のところ、彼女は、われわれの頭のなかの存在でしかありませんよ」

「そうですよ。でも、だからこそ面白いんじゃありませんか」

と、同じ若手刑事の日下が、いった。

確かに、今のところ、架空の女性である。だが、実在するとすれば、今回の殺人事件で大きな役割を担っていたことになる。

「よし」

と、十津川が、刑事たちを見回した。

「何としてでも、この幻の女性を見つけ出そう。もし、見つけ出すことができれば、事件解決の決め手になるかもしれないからな」

被害者の土屋健次郎は、内閣官房参与として、三泊四日の東北視察に出かけたことはわかっている。

東北地方、特に福島は原発事故にも遭っていたが、ようやく復興の目星がついてきた。

震災後の十年間で、漁業や農業などは、ようやく復興の途についたが、そこで起きたのがコロナ禍である。

東北には、まだ緊急事態宣言は出されていないが、北海道は確実に感染者が増えている。

そんななかでの内閣官房参与の視察である。

地元としては、複雑なものがあったに違いない。

コロナ感染の危険をあまり強く訴えると、肝心の観光客がこなくなってしまう。かといって、まったく問題もないから喜んでＧｏＴｏトラベルキャンペーンを受け入れようとしたのでは、感染者が増える危険もある。

現在、政府自体が、コロナに対する対応に迷っていた。分科会ができて、感染症の専門家と話し合うことになったが、政府のほうの発言力が強いのは、わかりきったことである。

医師たち、特に感染症専門の医師は、とにかくブレーキを踏みたがるが、政府のほうは、経済が大事だから、とにかくアクセルを踏みたがる。

中央が、こんな具合にブレーキを踏んだり、アクセルを踏んだりしているから、土屋を迎えた東北のお偉方も、対応に苦慮したに違いないのだ。

ブレーキを踏みたいといえば、万事にことなかれ主義の官僚は安心する。しかし、政府がいい顔をしないのはわかっている。今の政府、特に首相や側近の顔は、ＧｏＴｏトラベルキャンペーンに向いているからだ。

そこで、地方は、昼は、とにかく感染者を減らしたい意向の土屋の話をきき、夜は、有名温泉に招待し、政府のＧｏＴｏトラベルキャンペーンのおかげで、温泉地は賑わっているところを見せたかっただろう。

三泊四日の視察旅行で、自治体が提供した温泉地は三カ所。

いずれも古くからの有名な温泉地で、用意した旅館も一流の旅館ばかりである。

十津川はA温泉組合を訪ね、話をきいた。

「問題は、芸者でした」

と、接待に当たった温泉組合の理事が、いった。

「いまだに芸妓組合もあるし、芸者さんも、十二人いるんですが、皆さん、いいお歳で」

「それは、コロナのせいですか?」

「いや。それ以前からです。古い温泉地というと、芸者さんも百人、二百人といて、それでも商売が成り立っていたんです。芸者さんを呼んで、ゆっくりお酒を飲んでというのがお約束でしたからね。ところが、お客の主力が家族連れになってから、芸者さんを呼ばなくなりました。それに、カラオケですかね。芸なんか要らないんです。若い女性が、お客と一緒に唄えばいいんですから。それで芸者さんたちの仕事が、めっきり減りました。踊りの稽古をしても、お客がわからないんですから」

と、温泉組合の理事は、苦笑するのだ。

「しかし、芸者さんはなくならない?」

「なくしてしまってはいけないと、そう思っているんです。今や、古い芸者さんは文化使節です」

「文化使節?」

「外国の古い街と文化交流をする時があるでしょう? そんな時、外国の人たちは、芸者さんに会いたがるんですよ。三味線を弾いて、綺麗な着物で踊るんです。そういう芸者さんに会いたいという外国人がいるんです。だから、芸者さんはなくせません」

「なるほど。それで、文化使節というわけですね」

「日本の代表ですから、踊りもできるし、お茶や生け花くらいは、心得ていてくれないと困るんです」

その理事は、外国へ親善旅行にいった時、代表的な日本女性を連れていくのに迷って、結果、芸者を連れていったといい、その時の写真を見せてくれた。

「古いかもしれませんが、着物が似合って踊れて、お茶などの心得がある。その上、外国人の扱いを無難にやってくれる女性というと、芸者さんしかいないんですよ」

「それで、土屋さんの相手も、芸者さんを考えたわけですね？」

「土屋さんが、どういう接待がお気に入りなのか、まったくわかりませんでしたからね。それに、何といっても上級官僚ですから、ただ騒がしいのはお嫌いかもしれない。その点、芸者さんなら、うまく対応してくれるに違いないと思ったんです」

「心配は、まったくなかった？」

「いいえ、最後の那須塩原温泉では、ちょっと困ったときいています」

「芸者さんのことでですか？」

「あの温泉は、一応、芸者さんがいることになっていたんですが、全員六十すぎのお年寄りばかりで、簡単にいえば、実動隊はゼロなんです。そこで、慌てて、いろいろな手段で集めたときいています。何とか無難に土屋先生を饗応してお帰りいただいたのですが、あんなことになってしまいました。びっくりしています」

「那須塩原温泉ですね？」

「ええ、確か、那須塩原温泉の『雲竜荘』ですね。百五十年の歴史があるという古い旅館です。宴会はそこでやりましたが、土屋先生は急遽、ほかのところにお泊まりになったんじゃありませんかね」

「ほかのところに泊まったのですか？　そんな話はきいていませんが」

「ああ、間違えました。結局『雲竜荘』にお泊まりになったんでした」

と、理事は訂正した。

3

十津川たちは、栃木県の外れにある那須塩原温泉の〈雲竜荘〉を訪ねた。

これまで、今回の殺人事件は、被害者が東北新幹線上りの「なすの270号」に乗ってから始まっていると考えていた。

したがって、土屋健次郎が東北地方の視察旅行はともかく、一行が泊まった温泉旅館については、十津川たちは重視してこなかったのである。

それが、応待に苦労した自治体が、昔どおりの芸者接待をしたとわかったのである。

旅館〈雲竜荘〉には、那須塩原市役所の観光課長や温泉の組合の理事長、それに芸妓組合の組合長にも集まってもらった。

「芸者さんを集めるのに、苦労されたとききましたが」

まず、十津川が、口を開いた。

芸妓組合の組合長が、苦笑して、

「うちは、人数だけは十何人もいますが、皆さん六十歳以上で、土屋先生は五十代ですからね。ちょっと考えてしまいました。ベテランもいいですが、やはり芸者は色気ですから」

「それで、募集したんですか？」

「ええ。急いで周辺の観光地を回って、募集しました。それで何とか人数が集まって、ほっとしました。土屋先生にも、ご機嫌よく帰っていただけました」

「その時、集まった芸者さんの名簿はありますか？」

「ええ、持参しました」

と、組合長が、名簿を開いた。

七人の芸者の名前と、年齢が書いてあった。

六人までは、東北の温泉地の住所と芸妓組合の名称があったが、七人目には、ただ〈東京〉としかない。

それをきくと、組合長は、

「六人目までは、何とか集まったんですが、七人目が見つからなくて、困っていたんです」

「なぜ、七人目にこだわったんですか？」

「土屋先生個人ではなくて、何しろ、御一行ですからね。それで調べてみたら、ほかの温泉地では最大十人、最低でも七人の芸者さんを集めたという報告があったんですよ。そうなると、うちとしては、最低にはなりたくないじゃありませんか。それで、七人目にこだわったんです」

「それで、集まったんですね？」

「たまたま那須塩原温泉にきていたお客さんのなかに、昔、東京で芸者をやっていたという女性がいましてね、その人が応募してくれたんです。三味線も弾けますし、踊りもできるというので、すぐにお願いしました」

「しかし、名簿には、東京としか書いてありませんね」

「そこはいろいろとわけがありまして、芸者をやめたといっていましたからね。詳しい話はいいじゃないかということになりました。それに、七人のなかでは、一番若く見えましたし、色気もありましたからね」

「ご祝儀なんかは、その場で支払った？」

「ええ、そうですよ。形としては、アルバイト代です」

「その時の宴会の写真はないんですか？」

亀井がきくと、観光課長が、笑った。

「コロナですよ。そんな時、芸者を呼んで宴会をやったなんてことが、マスコミに取りあげられたらどうするんです。写真なんかありませんよ」

「この七人目の女性ですが、名前は『美雪《みゆき》』とあって、私には、これが本名だとは思えませんが」

と、十津川が、きいた。

「こちらできいたんですよ。アルバイトできてもらうんだが、何という名前にしますかときいたら、美雪という名前が好きだというので、宴席では美雪と紹介しました。本名かどうかは、確認していないのでわかりません」

「評判は、どうだったんですか？」

北条早苗刑事が、きく。

「よかったですよ。明るくて気さくで、ちょっと色気もあって」

「もう一度おききしますが、宴席の写真は、本当にないんですね？」

「ありません」

「何とか、この美雪さんの写真がほしいのですが」

と、十津川は、辛抱強くいった。

「そうですねえ」

組合長は、ちょっと考えてから、

「宴会が終わってから、芸者さん同士がお喋りをしていましたから、もしかしたら、その時にほかの芸者さんが、スマホで撮ったかもしれません」

と、いう。

十津川は、ほかの六人の芸者に連絡が取れないかときいた。

「六カ所からきてもらったので、すぐ、全員に連絡するのは無理かと思いますが、ひとりか二人となら連絡が取れるかもしれません」

組合長は、何人かに連絡を取り、そのなかのひとりが、こちらにきてくれることになった。

M温泉の「小糸《こいと》」という芸者だった。

三十分ほどして、タクシーを飛ばしてきてくれたが、今日もお座敷がないとのことで、ワンピースに帽子という格好だった。

ありがたいことに、話し好きだった。十津川のほうから質問しなくても、美雪について話してくれた。

「私たちは、主賓の土屋先生に、あれこれ質問しないようにいわれていたんですよ。それでも彼女は平気で、つまらない質問をしていたし、自分も明日東京に帰るので、一緒に帰りませんかと話していましたよ」

と、いう。

写真のことをきくと、ほかの客越しに撮ったものがあるという。

宴席に出ていた那須塩原市の助役越しに、撮った写真だった。

残念ながら、横顔である。手を伸ばして、誰かに差しかけていた。

「その相手が、主賓の土屋先生です」

と、いうのだ。

「宴会が終わってから、控室でなにか話したんですか?」

早苗が、きいた。

「あの時は、皆さんばらばらなので、その日にご祝儀をいただいたんです。それを待っている間、お喋りしました」

「美雪さんも、何か話していましたか？」

「彼女、東京の人間で、たまたま東北に旅行にきていて、応募したんですよね。でも、話をきいていると、土屋先生を追いかけて、東北にきていたような感じもしたんですよ」

「じゃあ、昔から二人は知り合いだったということ？」

「それが、おかしいんですよ。宴席での二人の様子を見ていると、知り合いとか、関係があるような様子はまったくありませんでした」

「でも、美雪さんは、明日一緒に東京に帰りましょうと、土屋さんを誘っていたんでしょう？」

「そうなんですよ。それも、なぜか彼女は、土屋先生がハイウェイバスで帰京することをしっていたみたいなんです。私も一緒に、バスにしようかしらみたいなことをいっていましたから」

と、小糸が、いう。

十津川は、那須塩原市役所の観光課長に、

「土屋さんが、那須塩原からハイウェイバスで、東京に戻ることをしっていましたか？」

と、きいてみた。

「いや、しりませんでした。帰りのことをおききはしているんです。ところが、土屋先生という人は、仕事が終わったらひとりになってゆっくり帰りたいと、そうおっしゃっていましたね。私たちはてっきり、新幹線のグリーン車でお帰りになると思っていました。先生はとにかく、ひとりがお好きなようで、秘書の方も別に帰京させたときいています」

「ハイウェイバスの件を、アルバイトの美雪さんがしっていて、宴会のあと、誘っていたんですね？」

「ええ。ですが彼女は、なぜしっていたんですかね。もちろん帰京する手段としては、ハイウェイバスと、新幹線ぐらいしか頭に浮かびませんけど」

「土屋さんは、男としての魅力がある男性ですか？」

十津川は、小糸にきいてみた。

すぐに返事はなかったが、その代わり、小糸は微笑した。

「官僚としては高い地位にいる方でしょう。頭も切れるし、たぶん、将来は国会議員になることは間違いないと思います。ただ、恋人としては、面白くないんじゃないかと思いますね。すみません」

「しかし、美雪さんは、一緒に東京に帰りましょうと話していた？」

「ええ。だから、不思議でしたよ。美雪さんという女性は、好き嫌いがはっきりしている感じに見えたからです」

と、小糸が、いった。

そのあと、十津川はまず、土屋健次郎が三泊のうちのほかの二泊をどこに泊まったのかを改めて調べ、その旅館、ホテルのことを刑事たちに、詳しく調べさせた。

美雪が、土屋のあとを追いかけているように見えたという、小糸の証言を重視したのである。

美雪の正体がわからずの捜査だったので、難しかった。

ただ、調べる範囲が、東京のような大都会ではないことと、地方都市では、余所者は目立つことが、十津川の助けになった。

一泊目　仙台《せんだい》　K温泉　早雲荘
二泊目　郡山　N温泉　ニューNホテル
三泊目　那須塩原温泉　雲竜荘

このうちの二泊目の〈ニューNホテル〉を詳しく調べてみると、このホテル内のカフェに、問題の美雪と思われる女性が、昼間と夜の二回にわたって、客としてきていたことがわかった。

そのカフェの責任者が、十津川の質問に、丁寧に答えてくれた。

「ホテルにお泊まりのお客さんではありませんね。だって、私に、今日は、土屋先生がお泊まりですかとか、夜は、宴会ですかとかきいていましたからねえ。お泊まりなら、私なんかにきくより、ホテルのフロントにでもきいたほうが、もっと詳しくわかりますからねえ」

十津川は、彼女の写真を見せた。

カフェの責任者は、じっと見てから、

「笑った感じが、よく似ています」

と、いった。

「ほかに、何か気になったことは?」

「美人さんですよ。ただ、全体に何かちぐはぐな感じがしましたね」

さらに詳しくきくと、

「全体に地味なのに、何か一つだけ高価なものを身につけている感じ」

と、責任者はいった。

十津川が、地元の警察に協力してもらって郡山市内を詳しく調べてみると、この日、同一人物と思われる女性が、市内に泊まった形跡はなかった。

範囲を広げてみたが、同じだった。

十津川は、第一日目のケースについても、詳しく調べてみた。

彼女と思われる女性が、仙台市内や、その周辺のホテル、旅館に泊まった気配はなかった。

土屋が仕事で訪れた街に、美雪と思われる女性がいたことはまず間違いないが、同日に、その街に泊まった形跡はない。

離れたところに泊まったのか、そうなら、なぜ、こんな行動を取ったのか。

もし、誰かが泊まる場所を提供しているとしたら、誰が、なぜそんなことをしたのかを、調べる必要がある。

本名も現住所もわからない。だが、彼女は明らかに、土屋健次郎の殺害に関係していると思った。

彼女が、勝手にやったこととはとても考えられない。

何者かに頼まれて、土屋健次郎をアリバイトリックの罠にはめたのだと、十津川は考える。

動機というよりも、おそらく何かの利益を餌にして、頼まれたのだろうと、十津川は考えた。

つまり、動機は、金としか考えようがない。

今のところ、この女について、わかっていることは、多そうで少ないのだ。


〈写真は、笑っている横顔だけ。

関係した人たちに、似顔絵を描くのに協力してもらったが、果たして、逮捕に役立つほど似ているかどうかはわからない。

東京の人間らしい。

芸者だったことがあるらしい。三味線が弾けて、日本舞踊も踊れる。

年齢三十五、六歳。

身長百六十五センチ、体重五十七キロ前後。

標準語。

赤いルビーの指輪が目立つ〉

わかっているのは、こんなところである。

(しかし、犯人『平川敏生と考える』は、どうやって、この女性を見つけてきたのだろう?)

(やはり、コネか?)

十津川は、考えた。

まったく関係のない人間を、金で雇って使う。

架空の殺人では簡単に見つけられるが、実際には、そう簡単ではない。金で雇える人間は、簡単に裏切るからだ。

なにしろ、GoToキャンペーンとコロナ対策の内閣官房参与にある上級官僚を殺すのである。失敗すれば、逆に自分が危うくなる。

とすると、簡単に金で雇える女とは、考えられないのだ。

(やはり、コネか?)

と、十津川は、考えてしまう。

日本は、世界のなかでは珍しい、実力よりもコネに重きをおく国家なのだ。

大きい実力は尊重するが、小さなコネのほうを信頼する。

十津川は、捜査方針を変更した。

美雪と土屋健次郎の関係を追いかけていたが、容疑者の平川敏生と美雪の関係を調べることにしたのである。

美雪を使ったのは、土屋ではなく、平川のはずである。とすれば、二人の間には、何らかのコネがあったに違いないと、考えたのである。

十津川は、捜査の方針を、美雪と平川のほうに変えた。

もう一度、平川敏生という男について考えた。

平川敏生と土屋健次郎は、ＧｏＴｏキャンペーンとコロナ対策の民間と、官僚のともに、政府、首相の内閣官房参与の地位にあるブレーンである。

だが、人間的には表と裏のように違っている。

平川は、人間的には大人で、首相や首相の側近を傷つけるような言動は口にしない。喜ばせる方法はよくしっている。

それに対して土屋のほうは、頭は切れるが、人を見下したようなところがあるし、自分の主張で相手が傷つくことがあっても、まったく気がつかない。

そのため、平川敏生は人間関係が豊かだが、土屋健次郎のほうは、つき合う人間が少ない。

また、平川は、もともと再生コンサルタントとして何冊も本を出し、再生の神さまと呼ばれていたのである。

平川のファンの会というのが今も健在で、平川の家の傍らには記念館があって、ファンは、そこに集まってきては平川の話をきいている。

十津川は、亀井と目黒にある記念館を訪れてみた。

コロナ禍のせいか、人の姿はない。十津川は、併設されているカフェで亀井とコーヒーを飲み、ここで三年も働いているという女性職員に話をきいてみた。

まず、美雪の写真や、似顔絵を見せて、

「この女性に心当たりは？」

と、きくと、

「しりません」

と、あっさり否定されてしまった。

「平川会というのがありますね。その会に入っていると、事業をやろうという時や失敗した時に、マイナスを少なくする方法を教えてもらえるということですが、現在、会員は何人ですか？」

と、十津川は続けてきいた。

「百人で、これ以上人数は増やさないそうで、私も入れてもらえません」

と、女性職員は、笑った。

その笑顔を見て、十津川は自信を持った。その会員のなかに、美雪がいるに違いないと。

だが、会員名簿を見て、十津川は失望した。

会員のなかには三十代の女性もいた。職種もさまざまである。中小企業主もいれば、サラリーマンも家庭の主婦もいる。

しかし、十津川の捜している女はいなかった。

(なぜ外れたのか?)

その理由がわからなかった。

とにかく、美雪という女は、平川のために土屋健次郎を罠にかけた。いわば容疑者である。

と考えれば、平川信者のなかに絶対にいるはずなのだ。

だが、見つからない。

十津川は、記念館のなかを歩き回った。

「特別会員というのは、いないんですか?」

と、女性職員に、きいてみた。

「そういう方はいらっしゃいません」

と、言下に否定されてしまった。

それでも、十津川の頭のなかには（美雪は、平川と何らかのコネのある人間）という意識は変わらなかった。

亀井が、一冊の大学ノートを持ってきた。

「記念ノートです。この記念館にきた人が、感想を書いています」

と、亀井が、いう。

「そんなノートなら、京都にいけば、いくらでもあるよ。私も天龍寺《てんりゅうじ》にいった時、ノートが置いてあったので、庭が素晴らしかったと書いたのを覚えている」

「参考にはなりませんか。これもコネだと思いますが」

「人をひとり、罠にかけるほどのコネとは思えないがね」

それでも、十津川は、その大学ノートを受け取り、ページをめくっていった。

案の定、コーヒーが美味しかったとか、先生に会えなくて残念といった言葉が並んでいる。

確かに、これもコネといえばコネだが、平川が、美雪のような仕事を頼むとは思えない。

黙ってノートを閉じようとして、十津川は、手を止めた。


〈二度目の来館です。

私は時々、悪魔的な妄想にとらわれることがあります。

私のひと言で、大金持ちが一文なしになってしまう。そんなことを想像して楽しむんです。その点、先生が羨ましい。先生にいわれた株を、一万も十万も買って、それが一夜にして高騰すれば、百万長者になれるし、暴落すれば、借金まみれで、自殺してしまう。人間ひとりを、そんな目に遭わせる力が、先生にはおありになるから。

私のほうは今のところ、妄想のままで終わりそうです。

妄想に悩む女（東京）〉

十津川は、この短い文章から、目が離せなかった。

これを書いた主こそ美雪に違いないと、確信した。

平川は、コネを使いわけていたのだ。だから、百人の会員には強いコネがあっても、危ないことをさせられなかった。

逆に、これを書いた主には、平気で冒険をさせたのではないか。

それに、冷静に考えてみれば、美雪のひと言で土屋健次郎は、罠にはまって殺されてしまったのだが、彼女のやったことは、殺人の共犯といった恐ろしいことではないのだ。

ただ単に、一緒にハイウェイバスで帰京できなくなったと、土屋に伝えただけのことである。

裁判になっても、彼女の行動は、たぶん殺人の共犯などということにはならないだろう。「そんな恐ろしいこととは、まったくしらなかった」で、押し通せばいいのだ。

十津川は、ノートの先を読んでいき、捜していた文章にぶつかった。だから、平川は彼女を選んだ。


〈平川先生。

旅行へのお誘い、ありがとう。

先生の「君の妄想を買った。妄想の旅に出かけて下さい」という言葉に、わくわくしています。

その旅は、私の妄想と、どう結びつくのでしょうか？

妄想の女〈東京〉

今から考えると、平川がほしがっていたコネだったのだ。

問題は、これを書いた主の妄想は、どう満足したかということである。

「これを書いた主とは、今でも連絡が取れるんですか？」

十津川は、きいた。

「それはわかりませんが、最近、一度、先生を訪ねてお見えになったことがあります」

と、いう。

「あなたも、彼女に会っていますか？」

「その時に、お会いしています」

「どんな女性ですか？」

「私には、普通の女性に見えましたけど」

「その時、平川さんは、彼女に会っていますね？」

「先生は、興味のある会員の方には、自宅から出てきて、お会いになります」

「会って、どんな話をするんですかね？」

「近くに、先生がよく利用するカフェがあるんです。そこへ連れていって、お話になったはずです」

と、いう。

十津川は、歩いて数分のところにあるカフェにいった。〈25時〉という平凡な名前のカフェである。

五十代のママは、平川が、その女を連れてきた時のことを覚えていた。

「年齢は、三十代でしょうね。私には、平凡な女性に見えましたが、先生は、なぜかお気に入りの様子で、一時間くらい熱心に喋っていらっしゃいました」

「ママは、その女性と話しましたか？」

「先生に電話がかかってきて、先に帰られたので、そのあと、彼女と話しましたよ」

「どんな話をしたんですか？」

「彼女、少し興奮していて、先生に頼まれて、東北旅行にいってくるんだと、いっていました」

「それで？」

「東北といえば、十年前の大震災があって、今度はコロナだから大変でしょうっていったんです。そうしたら『だから、面白いの』といって、笑っていました。変な人だなと思いました」

「そのあと、彼女に会っていますか？」

「いいえ。でも、先日、先生が見えたので、彼女のことをきいてみたんです」

「先生は、何といっていました？」

「あれが例の妄想女子で、東北旅行を充分堪能したみたいだよと、笑っていらっしゃいましたよ」

「詳しい話をされましたか？」

と、十津川が、きいた。

「先生は、説明されないんです。ご自分で、勝手に納得されていて、私には、よくわかりません」

「そのあと、彼女は、この店にきましたか？」

「一度だけ見えましたよ」

「その時は、どんな話を？」

「その時も、変なことをいっていましたね。もう一度、妄想の旅に出たくて、先生にお願いしているんだけど、最近、政府の仕事が忙しくて会えない。悲しいみたいなことをおっしゃっていました」

と、十津川が、きいた。

「東北旅行のことは、何かいっていませんでしたか？」

彼女の東北旅行の結果、土屋健次郎が死んでいるのだ。そのことを美雪本人は、どう考えているのか、十津川は、それがしりたかったのだ。

ママは、笑って、

「そのこともききました。先生が、一体何を頼んだのかがしりたくて。そうしたら、これも変なことをいっていましたねえ」

「それを、正確に教えてほしいんです」

と、十津川は、念を押した。

「このお話、警察と何か関係があるんですか？」

「まあ、一般的な話として、お願いします」

「彼女、こんなことをいっていたんです。旅行を楽しんで帰ってきたら、偉い人がひとり、死んでいたときいた。あの時は興奮して震えたって。何のことだかわかります?」

と、ママ。

「何となく、わかります」

と、十津川は、いった。

やはり、土屋健次郎殺しは、コネを使った犯罪なのだ。

それも、一つのコネだけではない。さまざまなコネを利用した殺人である。

それを、一つ一つ殺人の証拠として、証明していかなくてはならない。

その一つが、美雪という女の行動である。

まず、美雪が何者なのかを明らかにする必要があった。

平川敏生本人にきいても、自分には関係ないと答えるだろう。

それに対して、彼女の旅行が、土屋健次郎殺害に関係していることを、証明しなければならないのである。

まず、美雪の実像である。

これがわかったのは、彼女に出会った女性たちが気にしていた、ルビーの指輪からだった。

その部分を拡大して調べたところ、五百万円で、銀座の宝石店Rで売られていたものとわかった。

そのあとは、一気呵成だった。

宝石店Rの主人、吉田修介《よしだしゅうすけ》が熱海へいった時、若手の芸者が気に入って、旦那になった。

その時の彼女の名前が美雪で、本名は、和田澄江《わだすみえ》、当時二十八歳だった。

その後、彼女が三十歳の時にわかれ話になって、吉田は、現金一千万円と五百万円のルビーの指輪を手切れ金として、澄江に与えたというのである。

「それだけの話です」

吉田は、十津川の質問に笑って答えた。

「彼女は、ちょっと変わっていて、それが好きになった理由です」

「最近の彼女のことをしっていますか？」

「池袋でバーをやっているときいたことがありますが、会ってはいません」

と、吉田はいう。

十津川は、その店へいってみた。

池袋の西口商店街のなかに、確かに実在した。店の名前は〈みゆき〉で、彼女もママとして店にいた。

一瞬、十津川には、彼女が現実に現れたことが不思議に思えた。

彼女は和服姿で、それが芸者だったことを思い出させた。

東北旅行のことも、あっさりと認めた。

「退屈だったので、旅行に出かけたら、向こうでアルバイトで芸者を募集していたんで応募しました。退屈だったから」

と、笑いながら、いう。

「那須塩原温泉の宴席で、土屋さんと会いましたよ。同じ東京の方で、明日、帰京するというので、一緒に帰りましょうと約束しました」

「それを、突然、あなたがハイウェイバスの予約を断っているんですね？」

「それは違いますよ」

「どう違うんですか？」

「夜中に、土屋さんのほうから断ってきたんですよ。ハイウェイバスでの帰京はできなくなったって。わけがわからなかったんですけど、あとで私と一緒のところをマスコミに見つかると、スキャンダルになるから慌てて逃げたんです」

「あなた自身は、ハイウェイバスで帰京した？」

「ええ。私は別に、怖いものはありませんから」

「そのあと東北新幹線の車内で、土屋健次郎さんが殺されました。そのことは、どう思いますか？」

「私と一緒にハイウェイバスに乗っていたら、殺されずにすんだんでしょう？運のない人だと思いました」

「東北旅行の前に、平川敏生さんに会っていますね？」

十津川が話を変えた。澄江は、顔色一つ変えずに、

「そうなんですよ。平川先生に会いにいったんです」

「平川記念館のノート、見ましたよ」

「そうなんですか。あれ、本当なんです。妄想女なんです」

「それで、平川先生から東北旅行を勧められた？」

「ええ。でも、旅費なんかは自分で持ちましたよ」

「東北旅行中、ＧｏＴｏキャンペーンとコロナ対策の視察にきていた土屋健次郎さんのことを、しきりに気にしていたそうですね。それはどうしてですか？」

「あれ、芸者の職業病です」

と、しらっと、答える。

「職業病？」

「芸者って、お座敷がすべてなんです。だから、有名人やお金持ちがきていると しると、何とか、そのお座敷に呼んでもらおうと考えるんですよ。私って、今でも芸者の時のことが忘れられないんですよ。あとで、土屋さんのお座敷に呼ばれることになって、びっくりしました」

「今でも、平川さんとつき合っていますか？」

「先生に相談したいことがいっぱいあるんですけど、平川先生は、ＧｏＴｏキャンペーンやコロナ対策の民間の委員になってしまって、お忙しくてとても会えません」

と、笑っている。

4

十津川としては、平川本人の尋問もしたいのだが、コロナ対策で多忙で、ここしばらくは受けられないと、拒否されてしまった。

警視庁の上席や警視総監、刑事部長は弱気である。

政府、特に首相が、今はコロナ問題しか考えられない、だから、しばらくは、尋問を遠慮しろといっているのでは、どうしようもない。

しかしそうなると、事件の枝葉の部分しか捜査ができなくなる。

現在、十津川が自由に尋問できるのは、

平川敏生の秘書
和田澄江
東北三市のスタッフや温泉地の旅館主
和田澄江と一緒に、土屋のお座敷に出た六人の芸者
そして、もうひとり、
田所編集長の未亡人

がいた。

田所編集長も、小さなコネから絡め取られて、殺人事件の片棒を担がされたのだが、最後は、口封じのために殺されてしまった。

未亡人になった田所夫人なら、いつでも尋問ができるのだが、今回の殺人事件では、証人としての力がない。

平川本人や藤原冬美は、何度でも尋問したいのだが、どちらも簡単に話をきくことが難しいのだ。理由は、すべてコロナである。相手がコロナでは、喧嘩するわけにもいかないのである。

少なくとも、平川敏生がGoToキャンペーンやコロナ対策の委員として現首相のお気に入りでいる限り、十津川たちが、自由に尋問することは難しいだろう。

こうした空気そのものは、考えてみれば、コロナ以前からだった。

官邸に、人事権を持たせることが決まった。各省庁の局長以上の人事について、政府が、自分たちの考えをいうことができるようにしたのだ。そのキャリア官僚の数は、約六千人といわれる。

政治の独立性を高めるためだといわれた。

確かに、新しい日本を作ったのは、自分たちだと自慢していた官僚たちは、人事権を奪われて、国民を見る代わりに、政治家の顔色を見るようになった。

政権が交代するなら、少しは人事の掌握をするのも役に立つだろうが、保守政権が延々と続くのでは、政治は停滞し、首相は桜祭りにはしゃぐだけである。

世界一を自称した日本の官僚は、政治家にひれ伏し、テレビで国会の様子を見ると、悲しくなってくるのだ。

首相が「この件は、すでに○○省に通知している」と、マイクに向かって声明を出すと、○○省は大変である。通知されていれば、もちろん問題はないが、首相が忘れていると大変である。

前首相は「私が間違っていれば、責任を取る」と言明してしまったので、○○省の幹部は慌てる。

首相からの連絡がなかったからだ。国会で、野党の攻撃の的になる。

こんな具合だ。

「首相からの連絡はあったんですか？」

「ありました。一月三十一日に首相秘書官から連絡が入っていました」

「では、その連絡資料を見せてください」

「実は、その資料はありません」

「おかしいじゃありませんか。首相秘書官からの連絡があれば、その旨を書いた文書があるはずでしょう。その資料を見せてください」

「それが見つからないのです」

「なぜ、連絡があったという事実を記入した資料がないのですか？」

「実は、いつもは文書で連絡がありますが、この時は電話連絡でした」

「電話でも連絡があったのなら、その旨を記した資料があるはずだ」

「申しわけありません。夜間だったので、連絡があった旨の文書を作るのを忘れてしまいました。私の責任です」

担当課長は、何回も国会で頭をさげ、首相は、辞任をしなくてすんだ。あの課長は出世するだろう。

官僚の顔は、ますます国民に向かわず、政府に向いてしまった。

十津川は、覚悟せざるを得なかった。たぶん、しばらくは平川敏生の尋問は難しいだろうと。

今、首相の頭のなかはコロナでいっぱいだ。

だから、平川敏生を必要としている。

だから、警視庁の上層部も、この殺人事件の早い解決に及び腰だ。

十津川の直接の上司の三上刑事部長は「平川氏には、犯人だという直接証拠はない」と、マスコミに発表した。

これは、間接的な事件に対する捜査放棄だ。

コロナが続いていれば、この事件は、このまま消えてしまうかもしれない。犯人不明のままだ。
どうしたらいいのか。
十津川は、こう考えた。
小さなコネや、一見無関係の参考人に対しての捜査は許されている。
その小さなことから、何とかして、平川敏生逮捕に必要な証拠を見つけ出してやると。

第八章　逆転

1

捜査は、壁にぶつかった。

いや、この言葉は正確ではない。捜査は正しくおこなわれ、犯人を特定し、犯人のアリバイづくりも見破り、アリバイトリックも解決した。

今までの事件なら、今頃は、殺人容疑の逮捕状を取って、逮捕に向かっているだろうと、十津川は思っている。

だが、今の状況では、逮捕状を請求しても、まずおりないだろう。

犯人の平川敏生は、首相のお気に入りであり、首相のコロナ対策には不可欠の頭脳なのだ。

平川は、自分の周囲にコネを使って同調者を集め、一つのグループを作った。たぶん、そのことに危機感を感じた人間がいたのだろう。内閣官房参与の土屋健次郎も、そのひとりに違いない。

しかし、いかにして、国民をコロナから守るかで、二人が争っていたとは、とても思えない。コロナと、どう闘うかは、みんなしっていたからだ。

三密、スティホーム、グループで酒は飲まない。対面して話さない。咳はしない。手をよく洗う。誰だってしっていた。

首相もいっていたし、東京都知事も、医師もいっていたからだ。

その立場、立場でいい方はそれぞれ違っていた。懇願調でいっていた知事もいたし、高圧的な言葉もあった。また、首相の発言は子供みたいに稚拙で、よくわからなかった。

しかし、国民は、あまりにもテレビのニュースのたびにきかされるので、みんな暗記してしまっていた。

「感染者が増えましたよ」

「第五波ですよ」

「大変ですよ。このままでは医療危機がきますよ」

政治家が叫び、コロナ大臣が脅し、医師が「病院は、コロナの重症者でもうすぐいっぱいになりますよ」と、大声を発するのだ。昨日まで「コロナは大丈夫ですよ、Ｇｏｔｏトラベルですよ」と、いっていたのにだ。

そして、同じ言葉を繰り返し流しているのだ。

三密ですよ、黙って食事してくださいよ、グループでの酒は駄目ですよ、旅行は禁止ですよ。

みんな、国民は暗記しているのだ。

それでも、日本人は真面目な国民だから、黙ってきき、ちょっとだけ羽目を外すのだ。

そんなことを考えれば、コロナ対策で、平川敏生と土屋健次郎の二人が、特別素晴らしいコロナ対策を考えていたとは、とても考えにくい。

したがって、二人がコロナ対策や、コロナ禍のなかでの経済政策で争っていたことが、殺人の原因ではないだろう。

そうなってくると、考えられるのは一つだけである。

二人のどちらが、首相に気に入られるかの争いである。

民間人で、有名人の平川は、首相のご機嫌を取るのは、おそらくうまかったのだろうと思う。

地味な首相は、逆に有名人に弱かったのではないか。

それで、内閣官房参与の土屋健次郎が反撃した。それも、官僚的な方法で、である。

それはたぶん、こんな方法だろう。

正面からの攻撃はしない。逆に、平川を持ちあげただろう。そうしておいてから、さまざまな方法を使って、平川の欠点を調べあげたに違いない。あらゆる欠点である。

十年も前に、平川が今の首相について悪口をいっていたことだって、おそらく全部調べあげていたのだ。

それに気づいた平川は、慌てたのではないか。

十津川が調べあげただけでも、平川敏生には、いろいろと芳しくない噂があった。

それは、仕事の面でも、女性との関係においてでもである。

ただ、そのことが致命的な傷にはなっていないのだが、土屋は、官僚的な粘り強さで、とことん調べていたのではないのか。

それを危機に感じた平川は、先手を打って、土屋の口を封じた。

十津川は、今回の事件の根にあるのは、そういう争いではないかと思っている。

簡単にいってしまえば、男の嫉妬といってもいいかもしれない。

「問題は——」

と、十津川は、部下の刑事たちに向かって、いった。

「今の時代、われわれ公務員は、政治家に極めて弱い。若い公務員は、それを肌で感じていないが、官僚になり、それも、上級官僚になれば、身にしみてくるはずだ。各省の次長、局長以上の人事が、官邸に握られているからだ。だから、上級官僚は、官邸の意向には逆らえない。官邸に睨まれたら最後、出世できないと、自分の考えを採用してもらえない。とくに、うちの三上刑事部長は、政治家に弱いから、私が、平川敏生の逮捕状を要求しても、絶対にオーケイしないだろう」

「どうしたらいいんですか?」

若い日下刑事が、きく。

「平川敏生が首相のお気に入りでいる限りは、まず無理だ」

「それじゃあ、じっと待っているしかないのですか。平川敏生が、首相の前でしくじるのを」

「私は、待つのは我慢できない」

「コロナ感染が、解決したらどうですかね？　コロナ禍の日本経済はどうすべきか、首相は平川に相談して、気に入られているわけでしょう？　ワクチンなどで、コロナ感染が克服されてしまったら、平川敏生は、御用済みになって、われわれ警察にお下げ渡しになるんじゃありませんか？」

三田村刑事が、冗談めかして、十津川を見る。

十津川が、笑った。

「平川敏生は、そんなやわな奴じゃないだろう。自分を守るために、今の首相が駄目なら、次の首相に、さっさと乗り換えてしまうような奴だと思っている。だから、私としては一刻も早く、平川敏生を殺人容疑で逮捕したいんだ」

2

十津川は、事件をもう一度、考え直してみることにした。

平川敏生本人は、首相の庇護のもとにいるので、直接、尋問はできないし、殺人容疑で逮捕することは、上司の三上刑事部長が政府に遠慮して、忖度するだろう。

「あとは証人だな。直接証拠だ」

と、十津川は、いった。

「証人に証言してもらって、それをメディアが発表してくれる形に持っていくより、仕方がないね」

「しかし、その証人が、見つからないんじゃありませんか？」

と、亀井がいう。

「『旅と人生』の田所という編集長は、平川敏生に頼まれて、二人の記者が、平川と同じ列車に乗るように細工しています。これは明らかに、平川のアリバイづくりのための工作ですよ。しかし、田所編集長は、すでに盛り場で酔っ払いの喧嘩に見せかけて殺されています」

亀井の言葉に続けて、日下刑事が、口惜しそうにいう。

「次は関修二郎ですが、彼は、明らかに平川敏生のアリバイづくりのために利用されていました。しかし、彼もすでに亡くなっています」

「もうひとりいるじゃないか」

「藤原冬美でしょう。しかし、彼女は、証人としては証言能力はありませんよ。関修二郎のほうは、以前、記者として平川敏生に会っていますので、本人確認の証人としての説得力がありますが、藤原冬美のほうは、以前に平川敏生に会ったことがなかったから、証言に信憑性がありません。あくまでも、関修二郎の補助的な役割でしかありません。犯人としては、田所編集長と、関修二郎の口を封じてしまえばいいのです。藤原冬美は安全パイなので、今まで殺されずにすんでいたんだと思います」

と、日下が、いった。

亀井もうなずく。

だが十津川は、それは違うなと、思っていた。

「しかし、彼女には、すぐには会えないぞ。大久保敬が連れ出して、現在彼女は、大久保の秘書をやっている。大久保のほうは、彼女のS大の先輩で、S大を卒業したあと、アメリカのハーバード大で現代経済学を学び、ニューヨークで法律事務に携わっていた。そして、どう売りこんだのかはわからないが、現在は、内閣官房参与として、働いている。ということは、首相の頭脳のひとりということとだ」

「首相は、日本で学んだ学者より、アメリカで学び、現地で働いてそれを実践した人間が好きみたいですから、大久保のことを気に入っているんじゃありませんか？」

と、亀井が、いう。

「しかし、平川敏生が、若い大久保敬とうまくやっているというのが不思議なんだ。本来であれば、二人は、ライバル同士のはずだからね」

「それは、大久保のほうが、平川にうまく取り入っているということじゃありませんか」

「いや、それは違うと思う。その理由は、平川という男の性格だ」

「と、いいますと？」

「平川敏生は、さまざまなコネを使って、自分のグループを大きくしていっているが、人を信じるから成功しているわけじゃない。私から見ると、それは、コネと利害関係に見える。まず、首相に対しては、平川は、最大限のコネを使って自分のことを売りこむと同時に、絶対の忠誠を誓っているんだと思う。しかし、グループの仲間には、利害で結びついていると思うのだ。だから、今回の事件でも、殺人に利用した人間は信用できずに、彼らの口を封じている」

「それと、大久保敬とどういう関係があるんですか？」

「だから、不思議な関係だといっているんだよ。二人の間には、今までつき合いはなかったはずだ。アメリカでも一緒に働いていたような形跡はない。コネがないんだ。それなのに、二人は、コロナ禍の経済政策やコロナ対策に関して首相に気に入られ、実にうまくやっている。冷静に見ると、年長の平川が、年下でアメリカ帰りの大久保敬を、立てているような感じがするのだ。これは、保守党の代議士からきいたのだが、彼は、こんなことをいっていた。平川敏生という男は、首相と自分の関係について、自分が、首相のナンバー・ワンのお気に入りでなくては気がすまないところがある。ところが先日、滅多に人を褒めない平川が、首相の前で、若い大久保敬の考えを絶賛したので、みんながびっくりしたというのだ」

「警部は、平川が大久保に対して、何か弱みを持っていると、そういうお考えなんですね？」

「そうだよ。それ以外、ほかには考えようがないんだよ。いくら調べても過去に、二人の間に、何らかの貸し借りがあったとは思えないんだ」

「それで、藤原冬美ですか？」

亀井がきいた。

「彼女は一時、小田原の大久保敬の家にいたが、今は、そこも出ている。この件については、北条刑事が詳しく調べて報告してくれた」

代わって、北条刑事が説明する。

「藤原冬美と、大久保敬は、不思議な関係に見えます。過去において、二人が恋人同士であったことは間違いないのですが、その二人が再会したのです。男のほうは現在、首相の信頼が厚いブレーンとして、官邸内で働いています。二人は、一日だけ、伊東の大久保の両親の別荘にいましたが、今は、政府が用意したマンションで暮らしています。そのマンションは、政府の予算で借りられたもので、出入りには厳重なチェックがあり、一般人は許可なく出入りできません。その上、大久保敬には、一般の代議士と同じくらいの給料とボーナスが支給されています。月給は三百万円くらいで、夏冬二回、一回に三百万円のボーナスが支給されます。もちろん、充分に生活できる金額ですが、二人が、正式に結婚したという形跡はありません。その理由は、今のところよくわかっていません。大久保敬は、首相のブレーンとして、平川敏生と一緒にコロナ禍の経済政策やコロナ対策について首相に進言しているわけですが、平川の性格から考えても不思議だという人がいるのです。ある人が、大久保敬に『あの平川敏生とうまくやっていく方法を教えてくれ』といったら、大久保は何もいわず、ただ笑っていただけだったというのです。それから、大久保は、秘書の藤原冬美をいつも連れて歩き、首相を中心とした会議でも、その姿勢は変わらないといわれています。藤原冬美は、われわれもしっているように、美人で頭がよくて、優しい女性です。平川敏生が大久保敬に優しいのは、秘書の藤原冬美のせいではないかという人もかなりいます」

「警部も、そういうふうに思っているわけですか？」

と、日下たちが、十津川の顔を見る。

十津川だって、現在の状況にいらいらしているのだ。だから、現状打破の答えをしりたいのである。

「私は、こう考えている」

と、十津川は、いった。

「私たちは、今回の事件で、第一の証人は田所編集長や『旅と人生』の記者、関修二郎だと思いこんでいる。だが、そのなかに、藤原冬美も入っているのではないだろうか。彼女自身も気づいてはいないと思うのだが、東武鉄道の特急『リバティ会津111号』の車内で、彼女は初めて平川敏生に会っている。その時に、彼女自身気づかずに、見てはいけないものを見てしまったのではないかと、私は思っているのだ」

問題の列車、東武鉄道の特急「リバティ会津111号」は三両編成で、日光行の特急「リバティけごん11号」三両編成と連結されている。

会津行の三両は前部で、後部の「リバティけごん11号」三両との六両編成で浅草を出発する。

関と冬美が乗っていたのは「リバティ会津111号」の2号車である。

二人は、自分たちで2号車の座席を選んだわけではない。田所編集長に行き先を教えられ、必要な切符を渡されたのである。

そして、浅草の次の停車駅のとうきょうスカイツリー駅から、平川敏生と秘書の小田切一夫が乗りこんでくる。

もちろん、2号車に関たちが乗っていることを教えられているから、平川は、偶然、車内で出会ったような感じで話しかけ、アリバイを作る。

栃木駅が近くなってきたところで、秘書の小田切が呼びにきて「われわれの座席は隣の3号車ですよ」といって、連れていく。

そして、平川は、ひそかに栃木駅で降り、東北新幹線の小山駅に向かう。

平川は、東北新幹線上りの「なすの270号」の車内で、土屋健次郎を殺し、会津若松に向かった。

その間、特急「リバティ会津111号」の車内には、平川はいないわけだから、彼に代わって、平川を演じるのは、秘書の小田切である。

土屋殺しは、秘書の小田切に委ねたのではないかという刑事もいたが、十津川は、その考えには反対だった。

二人は、ライバルだったのだ。

本人でなくて、秘書がやってきたら信用しないだろうし、小山駅で一緒に東北新幹線には乗ったりはしないだろう。

平川敏生本人が、栃木駅で降りて小山駅にいき、上りの東北新幹線の車内で土屋を殺してから会津若松へ向かったとすれば、その間、特急「リバティ会津111号」にはいなかったことになる。

その間、特急「リバティ会津111号」の車内で平川役を演じていたのは、秘書の小田切だろう。ほかには考えようはない。

小田切にとって、平川役を演じるのは、さほど難しくはない。なぜなら、平川は、金色のマスクをしていることで有名だったからである。

そのマスクをしているだけで、周囲の人間は勝手に、平川敏生だと思ってしまうだろう。

それに、座席で眠っているように演じれば、誰も声をかけてはこないだろうからだ。

だが、問題は、関修二郎と藤原冬美の二人である。

この日、二人は、取材旅行に出ていたのだ。

二人、特に若い藤原冬美は、特急「リバティ会津111号」の車内の様子を見てくるようにと先輩の関に指示され、列車内を取材して回っていたと証言している。

2号車からほかの車両も見て回っている。

当然、隣の車両の座席で眠っている平川敏生（実際は、秘書の小田切一夫）を見ているのだが、この日初めて会ったばかりの相手であり、金色のマスクという先入観があるので、何の疑問も抱かなかった。

したがって、関にも何もいわなかったし、警察にもいわなかったのである。

しかし、冬美は、何かを見ていたのだ。

平川にとっては、おそらく不利になる何かをである。

そのことに彼女は気づいていなかった。

それに気づいたのは、たぶん冬美の恋人、大久保敬だったと、十津川は考えている。

恋人に会った冬美は、嬉しさから自分が体験したことを、いろいろと、大久保に話したに違いない。

もちろん、土屋殺しの事件の日に、特急「リバティ会津111号」の車内で、平川敏生に会ったこともである。

この時、平川に近づこうと考えていた大久保は、冬美の話のなかに、平川が不利になるような事実があることに気づいたのではないのか？

下心のある大久保は、そのことを警察には話さなかった。

そして、平川を脅すのに使うことを考えたのではないか？

正確にいえば、それを、平川に近づくための武器にしたかったのだ。

そこで、大久保は、冬美を自分の秘書にして、ほかの人間や警察から遠ざけた。

大事な武器だからだ。

そうやって前提を作りあげてから、平川に、冬美を紹介したのではないのか？

そして、大久保の企みは成功した。

平川は、大久保をアメリカの最先端のコロナ禍での経済計画者であると首相に推薦し、大久保は、政府内に一つの椅子を手に入れることになった。

「しかし、これは、あくまでも私の仮説なので、事実かどうかはわからないのだ」

十津川は、刑事たちにいった。

「そのことを証明する方法は、何かお考えですか？」

と、亀井がきいた。

「それが、わからないんだ」

「しかし、平川敏生とは違って、今のところ、大久保敬の秘書にしかすぎないといえばすぎないのですから、呼び出して尋問するのは、簡単にできるんじゃありませんか？」

亀井が、続ける。

「いや、そうは思えない」

「なぜですか？」

「私たちは、彼女の存在も、証言も重要視しなかった。関修二郎のように平川敏生をしらなかったし、平川も、自身のアリバイトリックについて、関修二郎の存在は重要視したが、藤原冬美の証言は、重視していなかったし、われわれも同様だった。先に気づいたのは、第三者の大久保敬で、今や、冬美の証言や、事件の日に特急『リバティ会津111号』の車内で見たことが重要になっている。そんな時、われわれ警察が急に冬美に接近しようとすれば、それに気づいた彼らはどうするか？　答えは簡単だ。彼女を消す」

「しかし、そんなことをすれば、大久保は平川を脅すための武器を失ってしまいますし、首相との関係も消えてしまうんじゃありませんか？」

と、三田村刑事が、首をかしげた。

「そうかもしれないが、二人の関係は、お互いを必要とするところまでいっていれば、躊躇なく彼女を消すだろう。だから、難しいんだよ」

「どうすればいいんですか？」

「それを、これから考えるんだが、時間は、あまりない気がする」

「なぜそう思うんですか？」

「第一に、平川と大久保の関係だ。最初は、大久保が冬美を使った脅迫で生まれたが、今は、お互いを必要としているのではないかと思う」

「ほかに問題はありますか？」

「第二は、大久保と藤原冬美との関係だ。冬美は、昔も今も、大久保のことが好きだし、今の生活に満足している。しかし、大久保のほうは野心家で、もっと高い生活を望んでいる。だから、冬美と結婚しようとはしていない。彼女とわかれたら、もっと豪華な地位と生活を約束するとされたら、冬美を捨てかねない」

「それならそれで、われわれは彼女が手に入り、必要な証言が手に入るから、いいんじゃありませんか？」

と、日下がいった。

「平川敏生や大久保敬が、そんな単純な連中だと思うのか？」

十津川は、真剣な表情で、

「例えば、ある日、死因不明の藤原冬美の死体が、隅田川《すみだがわ》に浮かんでいることだって考えられるんだ」

と、いった。

「問題は時間ですか?」

「時間と方法だ」

「どうしたらいいんですか?」

「私も考えるが、これは、君たちの仕事でもあるんだぞ。時間が経てば、女性ひとりが死ぬ恐れがある。そう思って、必死で考えてみてくれ」

十津川は、自分にも腹を立てていた。

3

藤原冬美の現在の状況がわからず、焦燥にかられているなか、十津川は、新聞の片隅に小さな記事を見つけた。

〈尋ね人
昔、片西高校で仲のよかった相原圭一《あいはらけいいち》君。このところ会いたくて仕方がありません。ぜひ連絡ください。
F・F〉

「どう思う?」

十津川は、亀井にきいた。

「警部は、このF・Fというのが、藤原冬美だと思っているんですか?」

「そうではないかと思っている」

「どうしてですか?」

「片西高校が実在していて、藤原冬美の出身校だからだ」

「それだけですか?」

「ほかに、この相原圭一という男性も実在した。ただし、卒業直後に交通事故で亡くなっている」

「藤原冬美は、それをしらずに、こんな広告を出したんでしょうか?」

と、亀井が、きく。

「かもしれないが、しっていて出したのかもしれない。だとしたら、彼女の状況が危険なのかもしれない」

「なぜですか? ただの尋ね人だし、その上、相手は死んでいますから、大久保もこの記事をしっていて、許可したんでしょう」

「この相原圭一という男性のことを調べたら、柔道部で力持ち、その上、優しい性格の子だったから、女生徒からは、重いものを持ってくれるので、お助けマンと呼ばれていたというんだ」

「なるほど」

「たぶん、大久保は、この相原という男性が、すでに死んでいるとわかった時点で安心して、この投書を黙認したんだろうと思う。しかし、もし藤原冬美が、自分の身が危険な状況にあることをしらせようとしたのなら、何とかする必要がある」

十津川は、強くいった。

「彼女は今、簡単に動けない状況に置かれているわけでしょう？」

「今の首相は、信頼する人間を身近に置きたがるんだ。平川敏生も、大久保敬も同じだ。そのために特別な役職につける。また、信頼する人間の家族も身近に置きたがっているから、怪しまれずに冬美を連れ出すのは、難しいだろう」

と、十津川は、続けた。

大久保が、人を雇って、冬美を監視させているかもしれないからである。

「藤原冬美は、今、いったいどこにいるんでしょうか？」

「大久保敬は、現在『コロナ禍の経済政策対策本部』のトップにいる。それは、首相の私的な研究機関だよ。その家族は、政府が借りたマンションに入っているはずだ。出入りには許可がいる」

「われわれでも、簡単には出入りできませんね」

と、亀井が、いう。

「しかし、何とかしないと、冬美が消される危険がある」

十津川の実感は、日ごとに強くなっていった。

「何とかしたい」が「何とかしなければ」という気持ちになっていく。

十津川は、冬美救出作戦を実行に移すことにした。

4

この日、新たにコロナ感染者、重症者ともに増加傾向にあるので、今日のコロナ対策会議は、夜まで続くだろうと考えての、藤原冬美救出作戦である。

実行は、午後五時。一般家庭では夕食の支度の時間である。

中央新聞の田島《たじま》記者が、取材のためにドローンを飛ばした。

政府が借りたマンションは改造され、現在は十八組の家族が住むマンションになっている。

二人の警備員が常駐している。首相の家族が顧問をしている民間の警備会社である。

上空を飛んでいたドローンが、突然、空き家になっているマンションに墜落して、炎上した。

警報が鳴り響く。

二人の警備員が、飛び出してきたが、まさか会議中の首相や大久保に電話をするわけにもいかないので、一一九番と一一〇番した。

消防車が、一台二台と駆けつける。

同時に、十津川たちもパトカーで、現場に駆けつけ、二人の警備員に門を開けさせて突入した。

総勢十二人、そのなかの北条早苗と日下の二人が、藤原冬美の部屋に向かって急いだ。その間、十津川たちが、二人の警備員を取り囲んで動けないようにした。

その間に、北条早苗と日下の二人が、有無をいわせず、藤原冬美をパトカーに乗せて捜査本部に運んでしまった。

最初のうち、冬美は呆然としていた。突然の出来事で、何が何だかわからなかったのだろう。

捜査本部で一休みし、戻ってきた十津川が事情を話すと、ようやく彼女も落着きをみせた。

「われわれは、新聞に載った尋ね人のF・Fという、あなたの投書を見ましてね。すぐ、あなたの母校である片西高校を調べました。そして、あなたが会いたいという相原圭一という男性が、卒業後すぐに交通事故で死んでいること、力持ちで、お助けマンと呼ばれていたことを確かめました。そして、あなたに危険が迫っているに違いないと、結論を出したのです。あの投書は、SOSではないかという結論です。これは間違いないでしょう？　それとも、われわれのとんでもない勘違いですか？」

「いいえ。実は、怖いことがいろいろと続くので、いったん、あのマンションを出ようと思ったのです」

と、冬美が、いった。

「例えば、どんなことがあったんでしょうか？」

「私と大久保は、寝る前にビールを飲んだりするのを楽しみにしています。たいていは、いい気分になってよく眠れるんですけど、最近は飲んだあと、ふらふらしてベッドから落ちたりするんです。といって、彼に相談するのも気が進まなくて」

「あなたは、あの尋ね人を出して、正解だったんですよ」

「よくわからないのですが」

冬美は、戸惑いの顔になっている。

十津川は、意外な気がした。

土屋が殺された事件の日、東武鉄道の特急「リバティ会津111号」の車内で、初めて平川敏生という男と会った。その時の自分の証言が、平川の不利になったのではないかというそのことに、冬美は気づいたと、十津川は思っていたからだ。

最近、怖い目に遭うのはこのためだと、彼女は気づいていたと思っていたのだが、どうやら違うらしい。

十津川は狼狽し、自分を落ち着かせようとして、コーヒーを飲んだ。

「あなたは、先輩の関修二郎さんと二人で取材旅行にいくために、東武鉄道の特急『リバティ会津111号』に乗りましたよね、2号車に」

「はい。乗りました。旅と人生社に入って、初めての取材旅行でした」

「浅草駅の出発は、午前九時ジャストで間違いありませんね？」

と、きく。十津川は、普段以上に慎重になっていた。

「ええ。そのとおりです」

「次の停車駅が、とうきょうスカイツリー駅で、九時〇三分」

「ええ」

「そこで、平川敏生と、秘書の小田切一夫が乗ってきた」

「はい」

「あなたは、平川敏生に会うのは初めてだった？」

「そうなんです。ただ、金色のマスクをしている人で、テレビで何回か見たことはありました」

「そのとおりでしたか？」

「ええ。それがものすごく目立つんですよ。だから、すぐにわかりました。金色のマスクをしている人なんか、いませんから」

「先輩の関さんは、平川敏生をしっていたんですね？」

大事なことなので、十津川は、面倒でも一つ一つ確かめていく。

「関さんのほうは忘れていたみたいですが、平川さんのほうからいわれて、思い出したみたいです。平川さんは、盛んに懐かしがって、近くの空いている座席に腰をおろして喋っていました」

「それからどうしましたか？」

その答えはもちろんしっているが、わざと、十津川はきく。

「しばらくすると、秘書の方がきて『私たちの座席は、隣の車両ですよ』といって、平川さんを連れていったんです」

「あなたたちの乗っていた特急は、その直後に、栃木駅に着いたんですね？」

「そうです」

「そのあと、あなたは、関さんと会津若松に向かった？」

「正確には会津田島です。そこから別の列車で会津若松です」

「そこに、平川敏生と秘書がいたんですね？」

「ええ。向こうは、黒塗りのハイヤーが迎えにきていましたが、私と関さんは、駅前の食堂で食事をしました」

冬美は、やっと笑顔になった。

「列車のなかで、会津田島まで、ただ自分たちの座席に、じっと座っていたわけじゃないでしょう？」

「はい。特急『リバティ会津111号』の車内の取材も仕事のうちですから。関さんは、お酒が好きで、新人の私に列車内を見てこいといって、自分は飲んで眠ってしまったので、私は、終点に着くまで二回、列車内を見て回ってきました」

「その時、隣の車両に、平川敏生が座席にいるところを目撃したんですね？」

「ええ。でも、二回とも寝ていらっしゃいました」

「平川本人だと、確認したんですね？」

「あの金色のマスクをして眠っていらっしゃいましたから、間違いないと思いましたけど」

「その時、秘書の小田切さんを見かけましたか？」

「いいえ」

「それをあなたは、おかしいとは思いませんでしたか？」

「いいえ。トイレにでもいっていると思いましたし、隣の座席には、荷物が置いてありましたから」

まったく、何の疑いも持たない顔と、言葉の調子だった。

そのことにも、十津川は意外な気持ちだった。

冬美が、列車内の平川敏生の様子に、不審を持ったので、今、危険になったと思っていたからである。

（しかし、疑問は持たなかったのか？　としたら、どうして彼女は、危険な状況になったのか？）

「大久保さんに、列車内の平川敏生のことを話したことがありますか？」

「ええ、二、三回話しました」

「彼の反応はどうでしたか？」

「笑っていました」

「笑っていた？」

「ええ」

「なぜ笑っていたんでしょう？」

「大久保さんにきかれて思い出したことがあって、それを話したら、彼が笑ったんです。終点の会津田島に着くまでに、関さんにいわれて二回、列車内の様子を見て回ったんです。二回目は、鬼怒川温泉駅をすぎたあたりでした。平川さんは、その時も眠っていらっしゃいましたが、帽子が少しずれていて、その時、あっと思いました。平川さんはカツラなんだなって」

その冬美の言葉に、十津川は一瞬、息をのんだ。

「それ、間違いありませんね？」

「私の父がカツラを使っていましたから、よくわかるんです。何かの拍子に、ちょっとずれるんです。そのことを、父もずいぶん気にしていました」

「そのことを、大久保さんにも話しましたか？」

「ええ。話しました」

「そのあと、そのことを大久保さんが、あなたにきいたことがありますか？」

「最近、きかれました」

「その時も、彼は笑いましたか？」

「いいえ」

（たぶん――）

と、十津川は、頭のなかで、素早く考えた。

（最初の時、大久保は、平川がカツラを使っているとしって、それで笑ったのだ。しかし、平川が、カツラを使ったことがなければ、特急「リバティ会津111号」に栃木駅以降も乗っていた平川は、偽者だったことになる。そして、冬美の

証言を、平川に対する脅迫に使ったのだろう)

十津川はすぐ、亀井を呼んだ。

「平川敏生が、カツラを使っているかどうかを調べてくれ。それに、秘書の小田切一夫のこともだ」

その結果は、すぐわかった。

五十歳の平川敏生は、頭髪の若々しさが自慢で、白髪が一本もないこと、髪の毛の若々しさを自慢している。

それに対して、まだ三十二歳の小田切一夫のほうは「俺の一番の弱みは、頭髪の薄さだ」といい、早くからカツラを使っていることがわかった。

「これでやっと、今回の事件は解決したな」

十津川は、笑顔になった。

5

しかし、実際には、それほど簡単ではなかった。

問題の第一は、ここにきて日本の主要都市、特に東京都で、感染者の数が急激に増え始めたのだ。

重症者は減っているからと、首相も担当大臣も、緊急事態宣言の解除を口にしていたのだが、減少気味だった重症者の数も増加に転じてきた。

それでも、首相は、あくまでも解除に固執した。

そうなると、担当大臣や感染症専門医、上級官僚たちとの話し合いが、俄然多くなる。

平川敏生や大久保敬といった、ブレーンたちとの話し合いもである。

特に、コロナ禍の経済計画で、平川と大久保の存在は必要不可欠である。少なくとも、首相がそう考えているのは、誰にもはっきりとわかっていた。

そのため、十津川が藤原冬美の証言を示して、平川敏生の逮捕状を請求したとしても、三上刑事部長の段階で、簡単にはオーケイが出ないのだ。

三上刑事部長は、

「首相のスケジュールを見てみろ。緊急事態宣言を解除するかどうかで、連日のように会議を開いておられる。その会議の出席者には、必ず平川敏生と大久保敬の名前があるんだ。そんな時、平川を殺人容疑で逮捕したいなどといったら、私は、警察から追い出されてしまうよ」

と、いうのである。

三上刑事部長がオーケイを出してくれないのでは、十津川が勝手に、平川を逮捕も尋問もできなかった。

一週間後、首相は、東京都と、周辺の神奈川、千葉などの緊急事態宣言の解除はせず、解除を要請していた大阪、京都などの宣言は解除すると発表した。

これは、東京オリンピック・パラリンピックを見据えてのことだったが、ともかく、一つの決定が出たのである。

この発表のあと、首相は、丸二日間の休暇を取ることになった。

十津川にとって、これは大きなチャンスだった。

その間、首相は都内の親しい日本旅館で誰にも会わず、ひたすら静養に励むというからである。

十津川は、三上刑事部長に、平川敏生の逮捕状を請求した。

それでも、三上刑事部長は、逮捕状は無理だといい、平川の事務所での尋問ならばということになった。

平川のほうから、尋問を受けるといってきたというのである。

しかし、目黒の彼の事務所ではなく、政府が借りているマンションの一室での尋問だった。

十津川と亀井は、藤原冬美を同行して、平川の指定した部屋に向かった。

いってみると、大久保敬が、同じ部屋にいた。

十津川は、何となく二人の関係がわかるような気がした。平川にしてみれば、藤原冬美を押さえるのは、大久保敬の責任だろうといいたいのだろう。尋問の時間も決められていた。

十津川は、単刀直入に迫ることにした。

「平川さんにおききしたい。土屋健次郎さん殺しについての、あなたのアリバイは、浅草から会津田島行の東武鉄道の特急『リバティ会津111号』に、終点まで乗っていたということですよね？　それに間違いはありませんね？」

「もちろん、そのとおりで間違いない。ただ、途中で眠ってしまいましたがね。証人は、そこにいる藤原冬美君や、彼女と一緒に、特急『リバティ会津111号』に乗っていた関君だ。『旅と人生』という雑誌の記者だよ」

「その藤原冬美さんが、われわれに証言してくれましてね。確かに、あなたは浅草の次の停車駅のとうきょうスカイツリー駅から秘書と二人で列車に乗ってきたが、終点まで乗っていたわけじゃない。取材で列車に乗っていたので、会津田島に着くまでの間、二回ほど列車内を取材して歩いたと、そういっているんです。そして二回とも、あなたが、隣の車両にいたことも確認したそうです」

「それなら、問題はないだろう。どこがおかしいんだ?」

と、平川が、いった。

「あなたは、金色のマスクをして、帽子をかぶって座席で、眠っていたというんです。しかし、二回目に見た時、変な気がしたというんですよ。帽子をかぶっていたが、それが少しずれていて、カツラだということがすぐわかったというのです。確か、平川さんは白髪が一本もなくて、カツラの必要がないのが自慢だと、週刊誌が書いていましたよね?」

「ああ、そうだ。それは、今でも自慢だよ。それで、あの列車のなかにいたのは、私の偽者だというのかね?」

「そうです。たぶん、秘書の小田切一夫さんだと思うのですがね」

「面白い。私も、自分の偽者の顔が見てみたいね」

と、平川が、笑った。

(変だな)

ふと、十津川は、弱気に襲われた。

目の前の平川が、なぜ落ち着いているのかが不思議だったからである。

十津川は、大久保に目をやった。

彼も笑っていた。

だが、こうなると、騎虎《きこ》の勢いだった。

「藤原冬美さんが、その偽者を、スマホで撮っているんですよ」

「二回目の時に撮りました。黙って撮って、申しわけありません」

冬美は、自分のスマホを取り出して、保存のボタンを押し、あの日の列車内で撮った写真を取り出そうとした。

その指が止まってしまった。

「出ない」

と、冬美が、小さく叫ぶ。

「どうしたんです？」

十津川が、きく。

「あの時に撮った写真がないんです。消えちゃったんです」

（消去された――）

と、十津川は咄嗟に思った。

大久保が笑っている。

平川もだ。

「いつからですか？」

十津川が、きく。

「私が、尋ね人に投書するまでは、ちゃんと保存されていたんです」

（やっぱり、消去されたんだ。犯人は、大久保だろう）

「どうしたんです？　早く私の偽者を見せてくれませんかね。どんな奴なのかしりたいから」

と、平川が、せかすようにいう。

笑っている。

「警察の味方なんかすると、ひどい目に遭うから、早くこちらに戻ってきなさい」

大久保が、冬美に声をかける。

「帰ろう」

十津川は、亀井と冬美に、いった。

「敗者は、その場に長く、留まるべからずだ」

三人は立ちあがり、部屋を出た。

背後で、平川と大久保の笑い声がきこえた。

マンションを出る。

(これで、土屋健次郎殺しは、迷宮入りになってしまうのか)

十津川は、立ち止まった。

冬美が、しゃがみこんでしまっているのだ。

「君が、悪いわけじゃないよ」

と、声をかけた。

その冬美が、突然、ぴょんと立ちあがった。

その顔が、笑っているのだ。

「思い出した！」

と、小声で叫ぶ。

十津川と亀井は、わけがわからずに、冬美を見守る。

冬美が喋る。

「私の父は、神奈川県の横浜に住んでいます。五十二歳で、南東京観光の事業部長をやっているんですが、五十歳になったとたんに急に頭が薄くなってきて、カツラを愛用するようになりました」

「そのお父さんのことなら、前にあなたにきいたことがある」

「その父のことで思い出したんです。会うたびに頭のことを気にするんで、平川先生という首相の側近の偉い先生は、五十歳だけどカツラなんだと教えてあげたんです。あの列車のなかで撮った写真を、父のスマホに送ったことをすっかり忘れていたんです」

「それ、本当ですか?」

十津川は、急に真剣な目つきになった。

「ええ、本当です。あの取材旅行の途中で、全部で三枚、父のスマホに送ったんです」

「それを見たいね。すぐにだ」

「父に電話してみます」

冬美は、父親に電話する。

そのあとは、時間の問題だった。

冬美のスマホに、父親から三枚の写真が送り返されてきた。

特急「リバティ会津111号」の車内の座席で眠っている偽平川敏生の写真だ。

そこには、座席のナンバーもはっきり写っている。

帽子がずれて、カツラもずれて、白い毛が見えている。

そして、金色のマスク。

「どうします？」

と、亀井が、きく。

「決まっている。戻って、平川敏生を逮捕するんだ」


（この作品はフィクションで、作中に登場する個人、団体名など、すべて架空であることを付記します。）

本書は二〇二二年一一月、小社より刊行されました。

双葉文庫

に-01-118

特急《とっきゅう》リバティ会津《あいづ》111号《ごう》のアリバイ

2024年5月18日　第1刷発行

【著者】
西村京太郎《にしむらきょうたろう》

【発行者】
箕浦克史
【発行所】
株式会社双葉社
〒162-8540 東京都新宿区東五軒町3番28号
［電話］03-5261-4818（営業部）　03-5261-4831（編集部）
www.futabasha.co.jp（双葉社の書籍・コミックが買えます）
【印刷所】
大日本印刷株式会社
【製本所】
大日本印刷株式会社
【カバー印刷】
株式会社久栄社

【フォーマット・デザイン】
日下潤一

ISBN978-4-575-52751-3 C0193
Printed in Japan